이형석 퓨전 판타지 장편소설

WISHBOOKS FUSION FANTASY STORY

스킬의 제왕

스킬의 제왕 3

이형석 퓨전 판타지 장편소설

초판 1쇄 찍은 날 | 2017년 10월 16일
초판 1쇄 펴낸 날 | 2017년 10월 23일

지은이 | 이형석
펴낸이 | 예경원

기획 | 위시북스
편집책임 | 이규재
편집 | 이즈플러스

펴낸곳 | 예원북스
등록번호 | 제396-2012-000132호
등록일자 | 2012. 7. 25
KFN | 제1-161호

주소 | 경기도 고양시 일산동구 호수로 646-24 위너스21 II 빌딩 206A호 (우)10401
전화 | 031-819-9431 팩스 | 031-817-9432
E-mail | yewonbooks@naver.com

ISBN 979-11-6098-579-5 04810
    979-11-6098-466-8 (set)

이형석 퓨전 판타지 장편소설
WISHBOOKS FUSION FANTASY STORY
스킬의 제왕
3
Wish Books

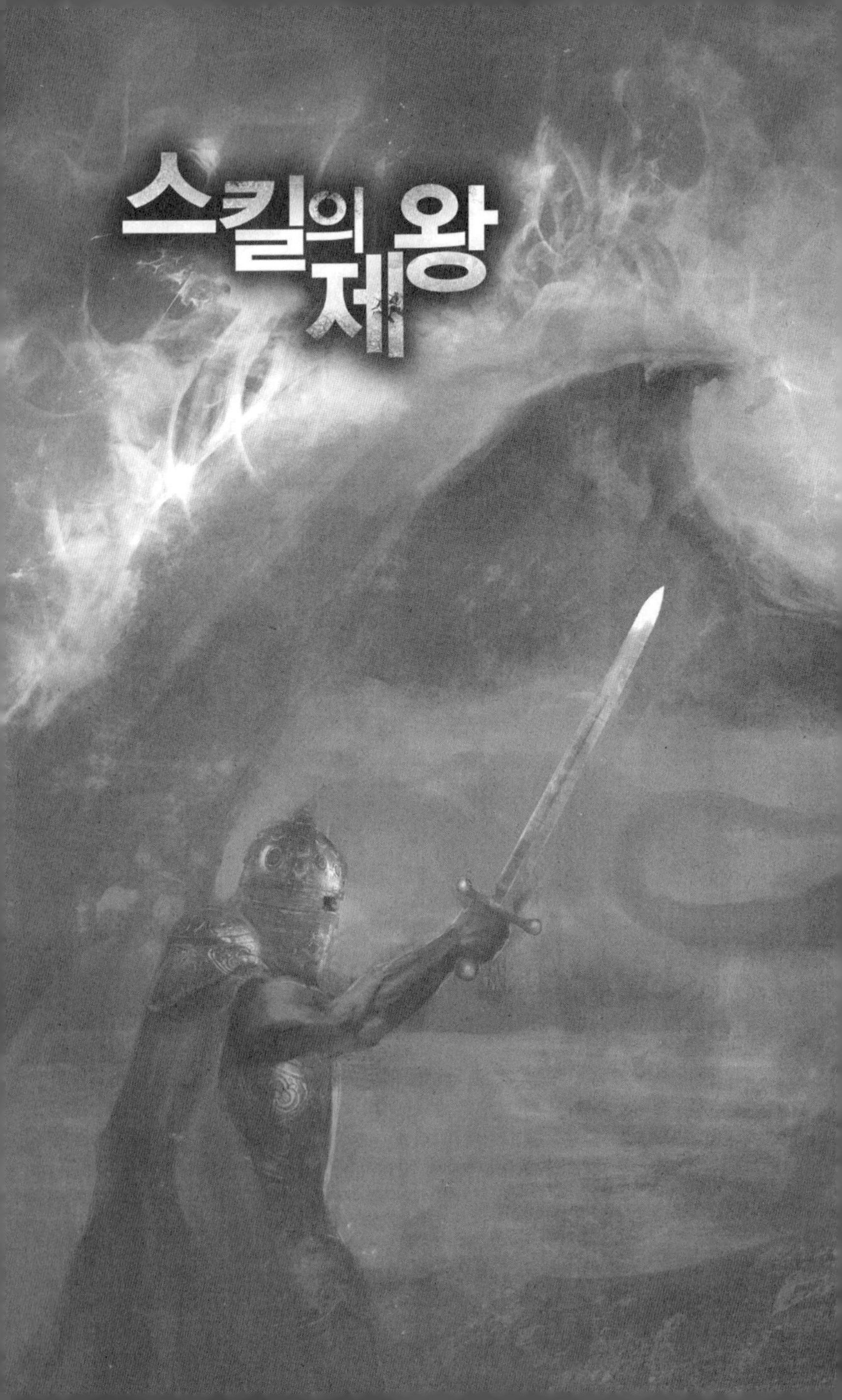
스킬의 제왕

CONTENTS

21장
염신위(蛉吶僞)

[인간, 너를 한번 믿어보겠다.]

쿤겐은 그 마지막 한마디를 남기고서 사라졌다.

[제단의 힘이 해제됩니다.]

[우레군주 쿤겐이 당신의 검에 봉인됩니다.]

[현재 조건 불충분으로 사용이 불가능합니다.]

[제한 조건 : 정령력]

[소량의 우레군주의 힘 일부를 정령검 내 자체 속성으로 인하여 사용 가능합니다.]

지직…… 지지직…….

[정령검 뇌격(雷擊)과 뇌전(雷電)의 속성 대미지의 효과가 증가합니다.]

[기본 뇌(雷)속성 대미지 +5% 증가]

[스킬 사용 시 속성 대미지 추가 +10% 증가]

강렬한 폭풍과 함께 쿤겐의 몸이 사라지면서 무열의 검으로 스며들었다.

그 누구도 쿤겐이 인간에게 힘을 빌려줄 것이라고 생각하지 못했을 것이다. 그렇기 때문에 인간과 정령, 두 계(界)의 힘이 동시에 필요하도록 제단을 만들었을 터.

"후우⋯⋯."

무열은 두 자루의 검을 바라보며 생각했다.

'해냈다.'

단순히 검의 힘을 깨운 것을 넘어서 우레군주의 힘까지 검 안에 담았다.

'조금만 기다려라, 쿤겐. 이제 곧 다시 세상을 볼 수 있도록 깨워줄 테니.'

아직은 정령왕의 힘을 받아들이기엔 한참 부족했다.

'현재로서는 검의 대미지가 더 올라가는 것만으로 만족해야겠지만⋯⋯.'

차후에 정령력을 얻은 뒤부턴 우레군주를 소환하기 위해

최대한 그에게 주력을 해야겠다고 무열은 생각했다.

투욱.

그때였다.

조용히 이 모든 것을 지켜본 반고가 무열의 앞에 무릎을 꿇으며 고개를 숙였다. 그게 무슨 의미인지 굳이 설명할 필요도 없었다.

"검의 구도자(Seeker of the Sword)시여. 타샤이 부족의 반고, 당신을 뵙습니다."

그가 드디어 무열을 인정했다.

그의 말투는 전혀 어눌하지 않았다. 마치 저 문장만큼은 수십, 수백 번을 외우고 준비한 것처럼.

나락바위의 정상에 우두커니 서 있는 무열의 모습을 제대로 볼 수 없다는 듯 반고가 고개를 푹 숙였다.

"반고, 다른 4대 부족과 마찬가지로 타샤이 부족 역시 나에게 충성을 맹세하겠는가."

"부족의 이름을 걸고. 당신의 검. 타샤이가 맡겠다."

"좋다."

무열이 그의 말에 고개를 끄덕였다.

쿤겐이 사라져서일까. 사시사철 먹구름이 잔뜩 껴 있는 나락바위 정상의 하늘이 새파랗게 변해 있었다. 폭풍 같은 세찬 바람이 아닌 상쾌한 미풍이 불어오고 있었다.

무열은 천천히 고개를 돌리며 두 사람에게 말했다.

"돌아간다."

✦

"모두 멈춰!!"

"오호……! 새로운 던전인가."

"거봐, 내가 여기 있을 것 같다고 했잖아."

"크크…… 웃기시네. 지도 제작 스킬 올리려고 꾸역꾸역 조른 거잖아."

"어쨌든 땡큐지. 우리가 첫 타자이려나?"

나락바위 앞.

일대의 무리가 커다란 동굴의 입구에 서 있었다.

"오는 길에 기억나? 경기장을 클리어한 사람이 몇 있던데. 남부의 난이도가 북부보다 높다더니 꼭 그렇지도 않은가 보군."

"그러게. 이럴 줄 알았으면 우리도 남부에서 랭크 업을 할 걸 그랬어. 위험부담이 있어서 북부에서 했는데 보상도 남부가 더 낫다지?"

"근데 좀 이상하지 않아?"

"뭐가?"

"거기 기록이 말이야. 한 명이 비정상적으로 빨랐잖아. 도대체 무슨 수를 쓴 거지?"

무리의 선두에 선 남자. 그가 입맛을 다시면서 대답했다.

"난들 아나. 뭐…… 비슷한 놈이 하나 더 있긴 했잖아, 북부에서도. 나머지 상위 랭커들은 비슷비슷해도 1위는 말도 안 되는 녀석이었지."

"쉿! 형님께서 들으실라."

다른 사람이 손가락으로 입을 가리며 낮게 얘기했다.

"하지만 그 기록도 깨졌다면서요."

"맞아. 누군지 확인해야 하는데 남부에 있다 보니 못 했군."

긴 앞머리로 한쪽 눈을 가린 남자가 기묘하게 생긴 지팡이를 바닥에 꽂으면서 말했다.

"……!!"

"혀, 형님."

묘한 대화가 오가는 상황에서 긴 머리의 남자가 등장하자 부하로 보이는 사람들이 깜짝 놀란 표정을 지었다.

남자는 바닥에 침을 뱉으면서 말했다.

"퉤엣-!!! 어쨌든 마음에 안 들어. 내 위에 누군가가 있다는 건 말이야."

"헤헤, 그래도 형님께서는 저희 중 아무도 얻지 못한 클래스를 얻으셨잖습니까."

남자의 옆에 선 사람은 비굴한 표정을 지으면서 고개를 끄덕였다.

"시끄러워. 어디 시체도 제대로 못 구해 오는 녀석들이……. 여기 던전에서 죽는 놈은 모두 내 스킬 숙련도를 올리는 재료로 쓸 거니 그런 줄 알아."

"흐흐……."

남자의 으름장에도 불구하고 오히려 그곳에 있는 사람들은 묘한 웃음을 지었다.

"음?"

그때였다. 동굴 안으로 들어가려는 그의 눈에 들어온 것.

"뭐야?"

짜증스러운 얼굴로 자신의 눈을 가리는 앞머리를 쓸어 올리면서 그가 말했다.

"설마 이 던전을 클리어한 녀석들인가?"

눈꼬리를 쓰윽 올리면서 그가 자신의 옆에 있는 남자를 바라봤다.

"여기까지 올 놈이 없다면서?"

"그, 그러게요……? 뭐지? 저놈들."

생각지도 못한 등장에 당황해하며 황급히 자신의 뒤에 있는 사람들에게 고갯짓했다.

"남부 일대의 던전들은 난이도가 높다더니, 고작 세 명으로 클리어할 수 있을 정도면 별로 어려운 던전도 아니었던 거 아냐?"

남자는 팔짱을 끼고서 던전에서 나오는 사람들을 유심히 살폈다.

뱀처럼 턱이 뾰족한 남자는 실눈을 날카롭게 치켜떴다.

둘의 눈이 서로 부딪쳤다.

"넌……."

그 순간, 던전 안에서 나오던 남자의 눈동자가 커졌다.

'뭐야? 저놈, 날 아나?'

놀란 듯 자신을 바라보는 그를 보며 남자는 생각했다.

무열, 그가 자신들의 앞에 선 무리 중 낯설지 않은 얼굴을 발견했다.

'염신위……?!'

인간군 4강 중 한 명. 의사임과 동시에 중국 출신의 의약 회사 '런쯔우'의 회장. 고작 35살의 나이로 새롭게 건립한 회사가 대박을 터뜨리면서 현시대의 의약 수준을 한 단계 더 높였다는 평가를 받은 그는 전 세계가 주목하는 젊은 기업인으로 선정되기도 했다.

'거기까진 좋았지.'

하지만 그런 염신위가 인간의 몸을 해부하는 걸 광적으로 즐기는 인간일 줄은 아무도 몰랐을 것이다.

'아니, 정확히 말하면 시체를 해부하는 것이겠지.'

그가 대리만족을 위해서 회사를 설립한 걸지도 모른다는 생각마저 든다.

그런 의미로 봤을 때, 네크로맨서 클래스를 얻었을 때 그는 쌍수를 들고 환영했을 게 틀림없다.

'그런데…… 그가 왜 이곳에……?!'

안톤 일리야가 나락바위와 연관이 있다는 건 생각했었던 일이지만 염신위는 뜻밖의 만남이었다.

'사령(死靈) 지팡이.'

이미 첨탑의 비석에서 그가 1차 전직을 한 건 알고 있었다.

무열은 그가 들고 있는 기묘한 지팡이의 옆면에 몇 개의 구슬이 박혀 있는지 살폈다.

'일단 1차 전직이면 아직 구슬이 다섯 개가 최대치일 텐데.'

다섯 개의 회색 구슬 중 2개에 붉은 액체가 담겨 찰랑거리고 있었다.

'두 개라면……. E급 좀비는 20마리, D급 스켈레톤은 10마리를 소환할 수 있다.'

그의 부하의 수는 어림잡아 30~40명 정도.

'쉽지 않겠는데.'

무열은 머릿속으로 계산했다.

'네크로맨서는 만능형 클래스지만 근접전에선 약해. 지금

이라면…… 녀석을 상대할 순 있겠지만 부하들을 뚫고 가는
게 쉽지 않다. 게다가…….'

리앙제와 반고.

두 사람이 걸린다. 이 둘을 보호하면서 염신위까지 상대하
는 건 아무리 듀얼 클래스를 가진 자신이라도 힘든 일이다.

'역시…… 아직은 시기상조인가.'

인간군 4강 중 한 명이 될 염신위. 아직 세력이 약한 지금
그와 조우한 건 어쩌면 그를 잡을 천운과도 같은 기회일지 모
른다. 하지만…… 리앙제와 반고를 포기할 순 없었다.

'그리고 염신위는 당분간 걸림돌이 될 세력은 아니다. 아니,
오히려 아직은 살아 있어야 한다.'

이유는 하나.

'이 시기쯤에 어느 정도 규모가 갖춰진 권세들은 다들 자신
의 거점을 찾기 위해 움직인다. 얀톤 일리아와 염신위, 두 사
람도 마찬가지.'

운이 나빴다고 해야 할까. 아마 여러 장소를 찾아 이동하는
염신위와 우연히 부딪히게 된 것일 터다.

남부 일대에 가장 큰 세력은 두 개.

안톤 일리야와 염신위.

물론, 그 둘 말고도 소규모의 세력은 무수하게 많다. 하지
만 결국 규모가 작다는 건 뒤늦게 생성된 후발 주자라는 것을

의미하며 그만큼 세력에 포함된 고랭커의 수도 차이가 났다.

애초에 인간군 4강으로 불린 안톤 일리야와 염신위는 유니크 클래스를 얻은 강자 중의 강자. 소규모의 권세들은 그 한 명의 힘도 제대로 못 막을 것이다.

바로 그것이다. 염신위가 거점을 정하고 세력을 확장하는 과정에서 안톤 일리야와 서로 견제를 해야 하기 때문.

북부의 트라멜에 무열이 거점을 잡고 준비하는 동안 이 둘은 남부에서 서로 영역을 두고 싸울 것이다.

'아니, 싸워야만 한다.'

세력의 확장.

만약 여기서 염신위를 죽인다면 그건 반대로 안톤 일리야의 세력이 걷잡을 수 없이 커지는 계기가 될지도 모른다.

더 이상의 모험은 할 수 없다.

'골치 아프게 되었군.'

무열은 리앙제의 앞으로 한 발자국 나와 그녀를 가리면서 말했다.

"여기서 다른 사람들을 만날 줄은 몰랐군요. 나락바위를 공략하러 온 것이라면 들어가시죠. 가자."

세 사람이 발을 떼려는 순간, 염신위가 무열의 앞을 막아서며 말했다.

"헤에……. 오랜만에 만난 새로운 지구인인데 이렇게 쌀쌀

맞아서야 쓰나."

"……."

"통성명이라도 하면 좋잖아? 지금 꼬락서니가 이래서 그렇지만…… 나 저쪽 세계에선 꽤나 유명했는데."

염신위는 비릿한 웃음을 지으면서 손가락으로 자신의 얼굴을 가리키며 무열에게 말했다.

"글쎄요. TV를 잘 안 봐서……. 그럼 이만."

툭.

그때였다. 염신위가 자신을 지나쳐 가려는 무열의 어깨를 붙잡았다.

"아니, 아니."

한쪽 입꼬리가 살며시 올라간다.

"그냥 가면 섭섭하지."

"……."

"고작 세 명이서 클리어할 수 있는 던전이면 뭐 말 다 했지. 건질 것도 별로 없지 않겠어? 별로 흥미가 안 생기는데."

염신위가 무열을 위에서부터 아래로 훑어보며 말했다.

"오히려 건질 건 그쪽한테 더 많을 것 같단 말이야."

차아앙———!!!

그의 말이 끝남과 동시에 염신위의 부하들이 각자의 병장기를 꺼내 들었다.

"염신위."

예상한 대로 나오는 녀석들의 반응에 무열은 낮은 한숨을 내쉬었다.

"헤…… 뭐야? TV는 안 본다면서 알잖아?"

무열의 말에 그가 씨익 웃었다. 하지만 반대로 무열의 표정은 차갑기 그지없었다.

"던전이야 공략하면 그만. 근데 그것보다 네 시체가 더 나한테 맛있어 보이거든."

염신위가 혀로 입술을 쓰윽 핥으면서 말했다.

'인간군 4강으로 전장에서도 제대로 널 본 적은 없지만 들리던 소문처럼 넌 이정진보다도 더한 놈이 맞군.'

무열은 염신위의 말에 신경도 쓰지 않으며 주위를 살폈다.

'피할 곳이 딱히 없다. 싸워야 한다면…… 최소한 리앙제를 서펀트에 태워 안전을 확보한 뒤에 해야 하는데…….'

쉽지 않다. 플레임 서펀트를 소환하는 데 약간의 시간이 걸린다. 비록 짧은 시간이지만 그 빈틈을 그냥 넘어갈 만큼 염신위는 호락호락한 상대가 아니었다. 인성이 어떻든 누가 뭐라 해도 그는 인간군 최강자 중의 한 명이었으니까.

'반고 혼자서 시간을 벌 수 있을까.'

그때였다. 무열의 시선을 느낀 걸까? 일촉즉발의 상황에서 앞으로 나오며 무열의 앞을 막아선 반고가 염신위와 마주 보았다. 무열조차 생각지 못한 행동.

"뭐야? 이 헐벗은 놈은."

어처구니없다는 듯 헛웃음을 치며 염신위가 비웃었다. 반고는 그에 대꾸하지 않고 천천히 자신의 눈동자를 손가락으로 한번 가리키고 다시 염신위를 향해 손가락을 가리켰다.

"타샤이. 숲에선 모든 걸 본다."

"뭐?"

무슨 말인지 이해가 가지 않는 듯 비웃는 순간.

스슥…… 스슥…….

등골이 오싹한 느낌에 염신위는 무열이 앞에 있다는 것도 생각하지 않고 황급히 뒤를 돌아보았다.

"……!!"

숲 안쪽. 나무 뒤, 풀숲 아래. 그들은 자신들을 주시하는 눈동자가 있다는 것을 깨달았다.

심지어 무열조차 그들의 기척을 눈치채지 못했다. 그러나 그들의 정체가 무엇인지는 단번에 알 수 있었다.

"하, 이거 참…….

무열은 숲 곳곳에 숨어 있는 타샤이 부족들을 훑어보면서 말했다.

언제부터 있었던 걸까.

성공 여부를 떠나 아마 자신이 나락바위에 가는 순간부터 준비되어 있었던 것일 터.

"반고, 내가 좀 못 미더워서 그런 건지는 모르겠지만 이번 만큼은 너에게 고마워해야겠는걸."

5대 부족 중에서도 가장 원시적으로 보이지만 전투에서만큼은 가장 철두철미한 부족.

무열은 피식 웃었다. 그러고는 염신위가 그랬던 것처럼 이번엔 무열이 그의 어깨에 손을 얹으며 말했다.

"이봐, 이제 입장이 바뀐 것 같은데."

그 순간, 염신위의 얼굴이 일그러졌다.

"혀, 형님⋯⋯!!"

"이 새끼들 뭐야?!"

"어디서 이렇게⋯⋯!!"

염신위의 부하들은 주위를 둘러싼 타샤이 부족민들을 보며 당혹스러운 듯 소리쳤다.

"입 닥쳐! 이 머저리들아."

강자는 강자일까.

염신위는 자신의 세력보다 거의 2배에 가까운 적들을 보면서도 당황하기보다는 오히려 부하들을 질책하며 상황을 엿보는 것 같았다.

"지금부터 검 끝이 내려가는 놈은 내가 죽인다."

그는 자신의 지팡이를 바닥에 꽂았다.

무열은 그런 그를 보며 말했다.

"대단하군. 그런 성격으로 용케도 이만큼 사람들을 모았어."

"그래도 나는 인간 같지 않은 원숭이 놈들까지 손댈 생각 없는데. 너야말로 대단한걸? 그렇게나 권좌에 오르고 싶은 놈이 있을 줄은 몰랐어."

염신위는 타샤이 부족을 훑으면서 말했다.

"굳이 피를 흘릴 필요는 없다고 생각하는데……. 이쯤에서 검을 거두는 게 어때?"

"푸핫, 뭐? 미친놈."

무열의 말에 그가 코웃음을 쳤다. 하지만 그 정도의 반응은 이미 예상하고 있었다.

'타샤이 부족이 전투에 강하다고는 하지만 육체적인 능력은 기껏해야 현실의 기준에서 벗어나지 못한다.'

1차 전직을 하고 스킬을 얻은 D급 랭커들을 상대하려면 최소 1명당 5명의 부족원이 붙어야 한다. 그게 외지인들이 토착인에게 관심을 가지지 않은 이유이기도 했다.

'조금 더 시간이 필요해.'

그때까지 최대한 전력을 잃지 않은 것이 중요했다.

'지금 붙는다면…… 승리는 할 수 있겠지만 희생이 너무 크다.'

차라리 혼자 붙는다면 말이 달라진다. 그러나 지금은 리앙제도 있고 신경을 써야 할 것이 너무 많다.

'아직 염신위를 비롯해 저들은 토착인의 능력에 대해서 정확히 모른다. 만약 나중이었다면 이렇게 둘러싸고 있어도 아무런 위협이 되지 않았겠지.'

초반이라는 이점. 무열은 그것을 최대한 이용했다.

"글쎄. 너는 싸우고 싶은지 모르지만 네 부하들은 안 그런 것 같은데."

염신위는 무열의 말에 고개를 돌렸다.

죽고 싶은 사람은 아무도 없다. 과거처럼 충성을 맹세하고 자신의 목숨을 바칠 수 있는 군신 관계가 고작 반년 사이에 생길 리 만무했다. 아니, 애초에 무(武)의 시대가 아닌 현대를 살던 사람들에겐 말도 안 되는 일이었다.

"이 새끼들이……!!"

하지만 타샤이 부족은 다르다. 평생을 전투와 함께했던 자들이다. 스킬이나 능력치를 떠나서 그들이 풍기는 아우라는 맹수 그 자체였다.

1차 전직을 할 수 있을 만큼 생존한 그들도 대단하지만 이곳에 온 지 1년도 채 되지 않은 사람들과 타샤이 부족의 모습은 확실히 대조적이었다.

"형님, 일단 저 사람 말대로 합시다. 여기서 싸워봐야 좋을 게 뭐 있습니까."

염신위의 부하가 슬금슬금 눈치를 보면서 말했다. 조금 전까지만 하더라도 무열을 죽이는 데 아무런 거리낌도 없었던 주제에.

녀석은 무열과 눈이 마주치자 멋쩍은 듯 어깨를 들썩였다.

'…….'

무열은 그런 그를 가만히 바라봤다.

모든 사람이 영웅일 순 없다. 살기 위해서라면 뭐든지 할 수 있는 사람이 차라리 이런 세상에서 더 오래 버틸 수 있을 거다. 자신 역시 그랬었고.

"이……."

염신위는 자신의 부하에 말에 이를 갈았다. 그의 성격대로라면 그 자리에서 바로 죽여 버렸을 테지만 지금은 일촉즉발의 상황. 한 명이라도 자신의 세력을 남겨두는 게 낫다는 정도의 이성은 가지고 있었다.

"운이 좋았군, 너."

"그쪽이야말로."

"이름이 뭐냐."

떠나려는 찰나 염신위가 물었다.

"넌 내 이름을 알고 있는데 나는 모르면 형평성에 어긋나지 않아? 서로 경쟁하는 사이에 말이야."

"경쟁? 홋."

물끄러미 바라보던 무열은 냉소를 지으며 천천히 입을 열었다.

"강무열이다."

"······!!!"

그 순간, 주위에 있던 모든 사람이 경악했다.

"가····· 강무열이라면 설마?"

"그 경기장 1위?"

"말도 안 돼······."

웅성웅성······.

부하들의 목소리가 여기저기서 들렸다. 염신위의 얼굴이 서서히 일그러지기 시작했다.

"젠장, 엿 될 뻔했잖아. 1위면 분명 유니크 클래스를 먹었을 텐데. 게다가 첨탑보다 경기장이 더 난이도가 높-"

콰드득---!!!

혼잣말로 중얼거리던 부하의 말은 끝까지 이어지지 못했다.

"컥······!!!"

그의 뒷덜미를 지팡이의 끝이 관통하여 목젖 앞으로 튀어나왔다.

커다랗게 구멍이 뚫린 목은 방어조차 할 새도 없이 콸콸 피를 쏟아내고 있었다.

"크······ 크걱······ 컥······ 커르르······."

부하는 제대로 말도 잇지 못한 채 바닥에 무릎을 꿇으며 피를 쏟아내는 목을 두 손으로 부여잡았다.

하지만 그런 그를 염신위는 이제야 속이 풀린다는 표정으로 말했다.

"이 새끼는 아까부터 말이 더럽게 많아. 짜증 나게."

촤아아악─!!!

염신위가 쓰러져 가는 부하의 등에 다시 한번 지팡이를 꽂았다.

그러자 마치 빨대로 피를 쭉 빨아들이는 것처럼 지팡이의 끝에서부터 생겨난 수십 가닥의 줄기가 혈관처럼 동시다발적으로 붉어지기 시작했다.

[우으으으으으······.]

귀곡성(鬼哭聲) 같은 음침한 소리가 지팡이에서 흘러나왔다. 동시에 빈껍데기만 남아 부들부들 떨던 부하의 몸이 시커먼 연기를 뿜어내며 쪼그라들었다.

"좋아, 네 말대로 오늘은 물러서지. 네놈은 언젠가 분명 다시 만날 거 같으니까. 어디서 쉽게 죽지 마라. 네 녀석의 시체로 이것저것 재밌는 걸 할 테니까."

사령 지팡이가 피를 머금자 박혀 있는 다섯 개의 구슬 중 두 개가 깜빡거렸다.

무열은 그 모습을 보면서 생각했다.

'아직 두 개가 다 찬 게 아니군. 3개째로 넘어가지 않는 걸 봐서는……. 그렇다면 D급 스켈레톤을 소환하는 것도 10마리 안쪽이라는 말인데.'

빠르게 계산을 마친 무열이 아무렇지 않은 듯 염신위에게 말했다.

"왠지 우린 곧 만나게 될 것 같긴 하군."

"흥……."

염신위는 무열의 말에 콧방귀를 뀌었다. 그들은 이내 무열을 경계하며 나락바위 입구를 향해 천천히 걸음을 옮겼다.

쓰윽.

무열이 한쪽 손을 위로 향하자 숲을 둘러싸고 있던 타샤이 부족이 모습을 감추었다.

[어째서 그냥 보내주는 거지? 그는 결코 도움이 될 만한 존재가 아닌 것 같은데.]

그때였다. 자신의 머릿속에서 들리는 목소리에 살짝 놀란 듯 무열이 눈썹을 꿈틀거렸다.

'뭐야. 말을 할 수 있는 건가, 쿤겐.'

[말이라기보다는 사념(思念)이라고 해야겠지. 너에게만 들린다.]

'그런 건 좀 빨리 얘기하라고. 지금까지 아무런 말도 안 해서 몰랐잖아.'

[흥, 네 녀석이 무르게 나오니까 보다 못해서 한 소리 한 거다.]

쿤겐의 말에 무열이 피식 웃었다. 그는 나락바위 안쪽으로 들어가는 염신위 일행에게서 시선을 떼지 않은 채 말했다.

'잘됐군, 쿤겐. 봉인이 되어 있었다 하더라도 분신을 만들어낼 정도면 나락바위에 대해서 잘 알겠군.'

[물론. 얼마나 오랜 시간을 그곳에 있었는데. 저곳이라면 돌멩이 하나부터 숨겨진 물웅덩이까지 다 알고 있지.]

'그래?'

무열이 쿤겐의 말에 피식 웃었다.

"타샤이 부족. 싸울 수 있다. 용맹한 전사. 군주께 검을 겨눴다. 그런 자. 우리가 죽인다."

쿤겐과 마찬가지로 반고 역시 무열의 행동이 마음에 들지 않은 듯 되물었다. 하지만 무슨 일인지 무열은 오히려 여유로운 얼굴이었다.

"네 앞에서 피를 보지 않아서 다행이다."

무열은 자신의 옆에 있던 리앙제의 머리를 한 번 쓱 쓰다듬었다.

"반고."

"네."

"리앙제를 데리고 마을로 돌아가라."

"에? 무슨……?"

"지금부턴 나 혼자 할 일이 있으니까."

"위험한 생각. 내가 따라간다."

"저, 저두 갈 거예요!!"

반고와 리앙제가 무열의 말에 반발했다. 두 사람의 마음이 무엇인지는 충분히 알고 있다.

"이건 사냥과는 달라, 리앙제. 네가 있으면 싸움에 집중할 수 없어. 인간 대 인간의 싸움은 몬스터와의 싸움과는 달라. 득달같이 널 노리겠지."

"하지만……."

"나. 반고. 내가 간다."

하지만 무열은 고개를 가로저었다.

"아니, 너도 마찬가지다. 아직 우리들의 전투에 합류할 수 있는 정도가 아니야."

"나는 타샤이 부족이다."

기분이 상한 듯 대답하는 반고의 마음을 모르는 것은 절대 아니다.

"이 세계는 단순히 숫자로 밀어붙일 수 있는 싸움이 아니다. 전술도 힘이 있어야 쓰는 법. 이 세계는 스킬 싸움이다. 그건 너도 알겠지? 5대 부족이 외지인에게 밀리는 이유가 그거니까."

"……."

"반고, 너 역시 오르도 창과 같이 앞으로 스킬을 익혀야 한다. 그건 너희 부족 모두가 마찬가지다. 나에게 도움이 되기 위해선 더 강해져라."

무열의 말에 반고는 반박을 하지 못했다.

'하지만…….'

두 사람을 두고 그가 고개를 돌려 나락바위를 바라봤다.

'이대로 곧이곧대로 보내줄 순 없지.'

반고의 어깨를 가볍게 두들기고서 무열은 천천히 손가락을 튕겼다.

"나의 뒤를 따르고 싶다면 지금부터 죽을힘을 다해 강해져야 할 거다."

따악.

"그러니 지금은, 기다려라."

반고가 엘리젤 일족의 막사에서 무열을 만났을 때처럼 그가 손가락을 튕기자 뜨거운 불길이 소용돌이처럼 회전하면서 치솟아 올랐다.

[크르르르르……!!!]]

잠시 그대로 그 불길을 바라보던 무열은 서서히 형체를 굳혀가는 플레임 서펀트를 향해 손짓했다.

거대한 얼굴이 그의 앞에 천천히 다가왔다.

"리앙제, 돌아가면 오르도에게 채비를 하라고 전해라."

"네?"

"북부로 향할 준비. 물론, 너도 함께다."

"저, 저도요?"

그의 말에 깜짝 놀라며 리앙제가 되물었다.

"물론. 잊었어? 내가 우승을 가져다주는 대신 널 달라고 했던 거. 단단히 준비해. 제법 힘든 여정이 될 테니까."

"무, 무슨……! 아직 대답 안 했거든요?"

당황해하는 그녀를 향해 가볍게 웃으며 무열은 서펀트의 머리 위에 올라탔다. 그 순간, 조금 전까지만 하더라도 미소를 머금고 있던 무열의 표정이 싸늘하게 변했다.

스르릉…….

검집에서 빠져나오는 검의 소리가 날카로웠다.

무열이 서펀트의 머리를 가볍게 발로 툭! 차자 서펀트가 몸을 비틀며 하늘로 솟구쳤다.

'쿤겐, 지금부터 하나부터 열까지 상세하게 얘기해 줘. 나락바위에 대해서.'

[굳이 그럴 필요 없다. 내 생각을 너에게 전할 수 있듯 이미지 역시 너에게 전할 수 있으니까. 눈을 감아라.]

"그래? 그것참 편리하군."

동굴 입구에서 올라오는 염신위의 모습이 저 멀리 뚫린 천장 아래로 보이는 것 같았다. 이전과 달리 쿤겐이 없는 나락바위의 정상은 번개가 치지 않았다.

　무열은 두 눈을 감은 채 그대로 나락바위의 정상으로 날아갔다.

　"후…… 후……!!!"

　거친 숨소리.

　화상을 입은 듯 붉어진 피부와 여기저기 난 상처들 때문에 꼴이 말이 아니었다.

　"이런 씨발……!! 그 새끼들, 분명 하다가 도망친 게 틀림없어!!"

　"저, 정상이다!!"

　"형님!! 드디어……!!"

　맑은 하늘이 보이는 나락바위의 정상이 가까워 오자 너 나 할 것 없이 모두가 반색하며 소리쳤다.

　"……어?"

　그때였다.

　정상에 있는 제단 위에 서 있는 한 남자.

　"여어."

그가 자신들을 향해 손짓하는 순간 염신위의 얼굴이 종잇장처럼 구겨졌다.

"너…… 네가 어떻게……?"

"별거 아니었지? 그런데 꽤 오래 걸렸군. 셋이서도 클리어하는 던전인데."

제단 위에 걸터앉아 있던 무열이 염신위의 모습을 보며 씨익 웃었다.

"곧 만날 거라고 내가 얘기했을 텐데."

"이…… 개새끼……. 죽여 버리겠어."

어떻게 자신들을 만나지도 않고 정상에 올라와 있는지 도무지 이해가 가지 않았지만 염신위에겐 더 이상 그런 것을 생각할 만큼의 이성이 남아 있지 않았다.

오는 동안 만난 화염거북을 잡는 데만 다섯 명이 죽었다. 게다가 그 위에 링크되어 있던 불나방 때문에 자신도 죽을 뻔했었다. 네크로맨서의 독성 내성이 없었다면 정말로 위험했었다.

그런데 이런 던전을 고작 세 명이서 클리어했다고?

조금만 생각해도 이상하다고 느낄 것이다.

그 이상함. 그게 자신과 무열의 힘의 차이라는 것도.

"우리 수십 명을 두고도 그런 헛소리가 나오지?"

염신위가 지팡이를 잡았다.

무열은 분노에 휩싸여 사리 분별을 하지 못하는 염신위를 향해 차갑게 말했다.

"걱정 마라. 너희들은 던전째로 묻어줄 테니까."

"……뭐?"

염신위의 얼굴이 구겨졌다.

조금은 걱정이 되는 부분도 있었다. 아마 쿤겐이 없었다면 계획조차 할 수 없는 일이었을 것이다.

'남부 일대의 힘의 균형을 맞추기 위해 널 살려두는 건 더 많은 사람이 죽게 만드는 것이겠지.'

강무열. 그 자신 역시 만능은 아니다. 전생(前生)에서도 평범하기 그지없는 병사였으니까. 자신의 선택이 온전히 옳다고 볼 수 없다.

'널 여기서 죽이면 더 나쁜 미래가 찾아올지도 모른다.'

하지만 대의(大義)라는 명목하에 염신위가 세력을 키우면서 행할 짓들을 아는 무열은 그로인해 죽어 나갈 수천 명의 목숨을 외면할 수 없었다.

"너."

무열은 자신의 검을 들어 올리면서 염신위를 향해 낮은 목소리로 말했다.

"던전 파괴(Dungeon Break)라고 들어봤나?"

"빌어먹을……!!! 빌어먹을……!!!"

욕지거리가 터져 나온다.

"젠장!!!!!"

하지만 그 외침보다 더 처절하게 들리는 건 비명이었다.

"사, 살려줘!!"

"아아악!!!

사방에서 터져 나오는 부하들의 외침을 들으면서 염신위는 악에 받친 표정으로 이를 갈았다.

"뭣들 하는 거야!! 어서 막아!!"

말은 그렇게 하지만 염신위는 차근차근 자신의 부하들의 목을 썰어버리는 무열을 보며 상황이 점점 최악으로 치닫고 있음을 깨달았다.

'저 새끼, 도대체 뭐야?'

염신위는 이를 악물면서 사령 지팡이를 양손으로 잡아 바닥에 꽂았다.

쩌저저적……!!!

그러자 바닥이 갈라지면서 마치 독기가 스멀스멀 올라오는 것처럼 붉은색의 이펙트가 피어올랐다.

[꾸륵…… 꾸륵…….]

[으어어어…….]

사령 지팡이에서부터 생성된 좀비가 바닥을 뚫고 기어 나오기 시작했다.

스무 마리에 가까운 좀비가 한꺼번에 무열을 덮쳤다.

"모두 비켜!!"

"닿으면 중독된다!!"

부하들은 염신위의 언데드 부대와 연계하는 싸움이 익숙한 듯 좀비들이 튀어나오는 순간 사방으로 흩어졌다.

'제아무리 대단해도 체력이 무한하진 않겠지.'

갑작스럽게 전개된 전투에 부하 몇을 잃었지만 염신위는 자신의 언데드들이 무열을 향해 걸어가는 것을 보며 생각했다.

사령 지팡이에 담겨 있는 영혼구의 개수만큼 언데드를 소환할 수 있다. 그와 동시에 네크로맨서만이 가지는 고유 히든 스테이터스인 '암흑력(暗黑力)'이 모두 소진되기 전까지 무한에 가깝게 재소환할 수도 있다.

지금은 고작 스무 마리에 불과하지만, 3차 전직을 끝내고 강령군주라는 직업을 얻었을 때 그는 소환한 언데드만으로도 가히 군단이라고 할 수 있을 정도의 엄청난 대규모 군세를 만들었다.

'녀석의 성격이라면 부하들의 시체도 거리낌 없이 암흑력으로 바꾸겠지.'

하지만 무한에 가까운 언데드를 만들기 위해서 필요한 전제 조건. 최초의 언데드 숫자만큼 인간의 시체가 필요하다는 것.

'그리고 언데드의 강함에 따라 필요한 시체의 숫자도 달라진다.'

만약 1천의 언데드 군세를 만들고자 한다면 최초 1천 명의 시체가 필요하다는 뜻이기도 했다.

게다가 강령군주가 소환하는 최고 언데드 중 하나인 듀라한의 경우에는 한 마리를 소환하는 데 들어가는 시체만 100명이 넘는다고 알려져 있으니, 남부 일대의 균형을 떠나 염신위가 죽인 사람의 숫자는 셀 수도 없을 것이다.

[크륵…… 크르륵…….]

좀비 뒤로 D급 스켈레톤들이 허름한 롱소드와 메이스를 들고 천천히 다가오고 있었다.

"지금이다!!"

"붙어!!"

"으아아아아!!!"

무열은 자신을 향해 달려오는 좀비들을 바라보며 생각했다.

언데드로 발을 묶고 체력을 뺀 뒤에 부하들로 사냥을 한다. 단순하지만 이 방법은 몬스터뿐만 아니라 사람을 상대하기에도 유용했다.

'염신위는 머리가 좋다. 전술도 제법 뛰어나고. 그 성격만 아니었다면…….'

"흡……!"

무열이 뇌격과 뇌전을 뽑아 손잡이에 힘을 주었다. 검날이 번뜩거리며 주변에 전격이 흩어졌다.

쩌저적……!! 즈즉!!

'언데드. 목숨을 걸어야 할 위험성도 낮고 계속해서 소환할 수 있다는 장점도 있고……. 확실히 유용한 능력이야.'

"하지만 단점도 있지."

화르르륵–!!!

무열의 검에서 전격과 동시에 화염이 솟구쳤다.

"저, 저게 뭐야……!!"

다드드득.

현시점에서 속성을 가진 무기를 구하는 것은 어렵다. 그런데 그걸 무열이 가지고 있다고 생각하니 염신위는 어처구니가 없었다.

"젠장!!"

화진검(火眞劍).

염신위는 불타는 무열의 검이 움직일 때마다 좀비의 몸이 사정없이 터져 나가는 걸 가만히 볼 수밖에 없었다.

'아무리 화염이 반(牛)속성이라도 저건 아니잖아!!'

믿을 수 없는 파괴력이다. 아무리 어둠 속성인 언데드라 할지라도 그저 무열의 검에 닿는 순간 맥없이 죽어버리는 건 그의 머리로는 이해가 가지 않는 일이었다.

세븐 쓰론에 존재하는 상성. 화염, 대지, 물, 바람 이 4대 원소는 서로 맞물리며 상성과 역상성을 가지고 2대 광야인 빛과 어둠 역시 서로에게 상성을 가진다.

하지만 뚜렷한 상성 이외에도 서로에게 추가적인 대미지를 줄 수 있는 반속성이 있는데, 화염 같은 경우 바람에 상성이지만 물엔 역상성으로 약하다는 것은 대부분 알고 있는 사실이다.

뿐만 아니라 대지 속성 같은 경우 화염은 반(牛)속성으로 물과 바람의 중간 효과를 볼 수 있다고 생각하면 된다. 어둠 역시 마찬가지로 빛과 서로 상성과 역상성의 관계뿐만 아니라 화염과 반속성이다.

거기까진 이해할 수 있다. 대미지가 1.5배 들어간다고 해서 추풍낙엽처럼 죽는 건 아니니까. 나락바위에서 화접과 화염거북을 상대할 때도 속성이 안 맞아서 애를 먹긴 했지만 그래도 물량으로 잡아먹지 않았던가.

'저 새낀 어떻게 되먹은 놈이야……!!'

그러나 염신위가 간과한 것이 하나 있었다. 화진검은 검의 속성인 아닌 무열의 스킬이라는 것.

그리고 뇌격과 뇌전, 두 검이 가지고 있는 진짜 기본 속성. 유일한 역상성인 대지를 제외하고 모든 속성에 반속성을 가지는 단 하나의 속성 '번개(雷)'.

어둠 속성의 반속성인 화염과 번개, 두 개의 속성으로 한꺼번에 공격하는 것과 같은 상황이라 고작 E급 몬스터인 좀비들이 버틸 수 있을 리가 만무했다.

'지금이라면 충분하다.'

무열이 눈을 빛냈다.

아무리 상성 관계가 된다 하더라도 사령 지팡이의 구슬이 모두 찼더라면 힘들 수 있었다. 구슬의 개수에 따라서 소환할 수 있는 언데드의 종류가 달라지기 때문이다.

'특히 마지막 구슬을 채우면 소환할 수 있는 레이스(wraith) 같은 경우는 마법 공격이 아닌 이상 잡을 수 없으니까.'

그 때문에 무열이 염신위를 처음 만났을 때 가장 먼저 확인한 것이 그것이었다.

"후읍!!"

무열은 살짝 입을 가리며 검을 휘둘렀다. 그러자 잔상처럼 화염의 벽이 그의 앞에 생성되면서 좀비가 뿜는 독기를 태웠다.

메케한 연기들이 나락바위를 덮자 사람들은 무열의 주위로 다가갈 엄두를 내지 못했다.

"쿨럭, 쿨럭!!"

"젠장…… 어딨어!!"

"안 보여!!"

시커먼 연기 속에서 사람들은 혹시라도 남아 있을 독기에 허둥지둥하면서도 무열을 찾으려고 소리쳤다.

서걱.

창그랑.

"으아아아……!!"

누군가의 무기가 바닥으로 떨어지는 소리.

서걱.

"커컥……!!"

누군가의 목이 바닥으로 떨어지는 소리.

여러 소리가 섞여 들린다. 나름 잘 짜인 전술로 지금까지 승 승장구하면서 세력을 키워 나가던 염신위였지만 무열의 전투 는 지금까지 경험해 보지 못한 종류였다.

그들이 할 수 있는 건 없었다. 그저, 연기 속에서 속수무책 으로 죽어 나갈 뿐.

[중급 마석(x25)을 획득했습니다.]

[하급 마석(x150)을 획득했습니다.]

어둠 속에서 녀석들의 목을 베면서도 무열은 잊지 않고 익숙하게 떨어지는 마석들을 주웠다.

[너, 어둠 속에서의 싸움이 익숙한 것 같군.]

'몇 번 하다 보면 싫어도 익힐 수밖에 없거든. 죽기 싫으면 말이야.'

[신기하군. 본 세계에서 용병이라도 했었나? 너희들이 이곳에 온 건 얼마 되지 않아서 보통은 저런 모습이 맞는데 말이지.]

쿤겐이 연기 속에서 허둥지둥하는 사람들을 보며 말했다.

'용병……?'

하지만 무열은 그의 말에 씁쓸한 미소를 지었다. 이곳에 오기 전의 그는 평범한 학생에 불과했다. 하지만…….

'지금 생각해 보니 이젠 책상에 앉아 있었던 시간보다 검을 잡은 시간이 더 긴 것 같군.'

이곳으로 오게 된 이후 살기 위해서 단 한 번도 검을 놓아 본 적이 없으니 말이다.

[나락바위에서 가장 약한 부분은 저기 제단 아래다. 뭐…… 그게 도움이 될지는 모르겠지만.]

쿤겐의 말에 무열은 연기가 자욱함에도 제단과 바닥 틈을 노려보며 일말의 망설임도 없이 몸을 움직였다.

'잘못 걸려도 한참 잘못 걸렸다.'

염신위는 어둠 속에서 터져 나오는 부하들의 비명을 들으며 일이 완전히 틀어졌다는 걸 깨달았다. 너무나 어처구니가 없어서 그는 넋을 잃은 얼굴로 우두커니 서 있었다.

'어디서 괴물 같은 놈에게 걸려서는……!'

염신위는 승산이 없다는 걸 깨닫곤 본능적으로 도망치려 했다.

쿠웅---!!

하지만 그 순간 지면이 크게 요동쳤다.

"뭐, 뭐야?"

"으아악!!"

지진이라도 일어난 것처럼 나락바위의 정상이 심하게 떨리자 사람들은 중심을 잡지 못한 채 이리저리 넘어지기 시작했다.

그건 염신위 역시 마찬가지였다. 넘어지며 바닥을 구른 그는 정상으로 올라오는 계단의 벽에 부딪혔다.

"크윽……."

충격에 지끈거리는 머리를 잡으면서도 염신위는 황급히 일어나려 했다.

고작 몇 초에 불과한 짧은 순간이었다. 염신위가 무열에게 신경을 쓰지 못하고 시선을 놓친 시간은.

푸욱.

"……?"

여전히 지진이 일어나고 사방으로 굉음이 터져 나왔지만 염신위는 순간 마치 주변의 모든 소음이 사라진 것 같은 느낌을 받았다.

"뭐, 뭐야."

주르륵…….

어처구니가 없어서 말을 하려는데 말 대신 붉은 피가 입을 타고 흘러내렸다.

꽈드득…….

지팡이를 쥔 손에 힘이 들어갔지만 그것도 잠시뿐. 이내 팔이 아래로 툭 떨어지며 그는 지팡이를 놓치고 말았다.

"널 여기서 살려 보내는 것보다 죽이는 게 낫다고 판단했을 뿐이다."

눈으로 보면서도 믿을 수가 없었다. 무열의 검이 자신의 가슴을 뚫고 등으로 튀어나와 있는 것을.

"하…… 하…… 나 원. 이게 뭐냐. 씨발……."

자신이 생각했던 건 절대 이런 게 아니다.

이런 결말이라니.

염신위는 어이가 없다는 표정으로 무열을 바라봤다.

"미친놈……. 네가 왜 날 판단하지? 무슨 자격으로. 이곳이 네가 만든 세계도 아닌데. 내가 사람을 죽였기 때문에? 그럼 넌? 네가 만든 이 광경은 뭐라고 설명할 건데?"

염신위는 자신의 몸을 관통한 검을 바라보며 얼굴을 구겼다.

"네가 한 건 괜찮고 내가 한 건 잘못된 일이라는 거냐? 왜? 넌 무슨 영웅이라도 되나?"

그의 몸이 부르르 떨렸다. 고통 때문인지 아니면 분노 때문인지 알 수 없다.

"난 한 번도 내가 영웅이라고 말한 적 없다."

"……뭐?"

"네 말대로다. 누구보다 밑바닥에서 살아왔던 내가 무슨 자격으로 너희를 판단하겠나."

다만.

"그냥, 나 역시 권좌를 목표로 했으니까."

불멸자(不滅者) 염신위. 네크로맨서의 3차 유니크 클래스인 강령군주를 획득하고 사혼의 반지로 거의 불사신에 가까운 힘을 얻으며 인간군 4강의 반열에 올랐다.

그때가 되면 분명 죽이기 더 어려워질 것이다. 혼자서 모든 걸 다 할 수 있다면 차라리 나머지 인간들이 뭘 하든 상관 안 하고 자신만 강해지면 된다.

'그렇게 하면 히든 이터(Hidden Eater)와 다를 바가 뭐가 있나.'

강해진다는 건 혼자만의 힘을 뜻하는 게 아니다.

권세. 그리고 그 권세를 한 단계 더 높이기 위해 필요한 희생자를 선택하는 것에 있어서 무열이란 개인이 할 수 있는 것은 최대한 그 대상을 명확하게 잡는 것.

"그게 너희들이었을 뿐이다."

지금까지와는 달리, 무열의 안쪽에서 뭔가 새로운 것이 꿈틀거리는 느낌이었다. 단순히 자신을 지지하는 사람들을 지키고 자신의 거점을 만드는 것만이 권좌에 오르는 길이 아니라는 것을 오로도 창과의 대화에서 느낀 것이다.

권세를 이끄는 자가 느끼는 무게. 오로도 창이 죽은 것처럼 위장하면서까지 외지인들을 막으려고 했던 이유.

물론, 염신위가 과거에 그랬기 때문에 이번 생에서도 똑같이 그러리라는 보장은 없을지도 모른다. 최혁수와 강찬석이 그랬던 것처럼 염신위도 무열과의 만남으로 변할 수도 있다.

하지만 무열은 모든 악인을 교화하고 자신이 거두면서까지 선구자가 될 마음은 없다.

'굳이 그럴 필요도 그럴 시간도 없다.'

"제…… 기랄……."

염신위는 강무열의 검을 뽑아내려고 안간힘을 썼지만 애초에 근접 클래스인 그와는 근력 차이가 극심했다.

꿈쩍도 하지 않는 검을 보며 억울한 듯 그를 바라봤다.

"어렵게 생각하려 하지 마라. 너는 날 죽이려고 했고 나 역시 그랬으니까. 그리고 서로 검을 겨눴고 내가 이겼을 뿐이다."

"크…… 크큭."

염신위가 이강호에게 죽기 전에 했던 말이 있었다.

"약자 100명으론 아무것도 할 수 없다. 하지만 그 녀석들의 생명으로 소환한 듀라한은 훨씬 더 많은 일을 할 수 있다."

이강호는 그런 그의 목을 가차 없이 베었다. 인간의 목숨을 하찮게 여겼기 때문이라는 이유였다.

'멋진 말이다.'

누구도 그 말에 반하지 않을 수 없었다.

자신은 아무렇지 않게 그런 말을 할 수 있을까?

아마 못 할 것이다.

물론.

'그게 다 만들어진 이미지였지만.'

자신은 이강호가 아니다. 하지만 염신위의 말이 100% 틀린 말일까?

"약한 놈들끼리 모여서는 어차피 아무것도 못 한다! 이건 전쟁이다!! 이기기 위해서 못 할 게 뭐가 있나!!"

이런 죽고 죽이는 세계라면 그의 말이 무조건 틀렸다고 할 수 없을 것이다.

'정의는 승리한다. 이런 말은 이제 우스울 뿐이지.'

그렇기 때문에 무열은 자신이 생각하는 자신의 길을 가려 한다.

그가 염신위의 가슴에 박힌 검을 뽑아냈다.

"컥…… 커컥!!!!"

입에서 붉은 피가 터져 나왔다.

"너는 네가 계획한 대로 움직였고 나 역시 내 목표를 위해 움직이고 있을 뿐이다. 운이 나쁜 건지 좋은 건지 모르지만 우리는 여기서 만났고 네가 졌기 때문에 이런 결과가 나온 것뿐."

[던전이 무너지기 시작한다. 규모가 커서 파괴되는 시간도 오래 걸리는군. 뭐, 이제 와서 보면 딱히 부술 필요도 없었겠어.]

쿤겐은 부르르 떨리는 나락바위를 보면서 무열에게 말했다.

제단 아래 박혀 있는 작은 소검 하나가 이런 결과를 만들어낼 것이라곤 정령왕인 그조차도 상상하지 못한 일이었으니까.

'아니, 도망친 녀석들이 있으니까. 그 녀석들까지 다 쫓아가면서 처리할 필요도 없고, 그리고 여길 무너뜨려야만 하는 이유도 있고.'

[그게 뭐지?]

'나중에 여길 찾아올 다른 녀석이 있거든. 뭐, 네가 없으면 어차피 상관없는 일이려나.'

무열은 안톤 일리야를 떠올렸다.

'나락바위까지 무너진 상태라면 그가 성장하는 길에 큰 차질이 생기겠지.'

염신위를 죽여도 되겠다고 생각했던 또 다른 이유 중의 하나가 바로 그것이기도 했다. 안톤 일리야에게 번개군주라는 이명을 얻게 만든 계기를 만들어준 장소가 바로 이곳이니까.

'그의 성장이 더디게 되는 만큼 남부 일대의 위험 요소도 줄어들게 될 것이다.'

무열은 무너져 가는 나락바위의 정상에서 플레임 서펀트를 소환하며 생각했다.

'그 시간만큼 빠르게 북부를 평정하고 남부로 돌아온다.'

그때였다.

"음……?"

염신위의 시체 위로 보이는 금빛의 무언가.

'저건 뭐지?'

처음 보는 그것에 무열이 천천히 손을 뻗었다.

그 순간.

메시지창이 나타났다.

"……!!"

[네크로맨서의 목걸이를 획득했습니다.]

22장
북부를 향하여

[네크로맨서의 목걸이]

대륙 최초의 네크로맨서인 웰 바하르가 남긴 3개의 유품 중 하나.

자신의 암흑력에 한정하여 언데드를 소환할 수 있다.

나머지 2개의 유품인 지팡이와 팔찌까지 모두 모았을 경우 특수한

언데드를 소환할 수 있다고 알려져 있으나 지금까지 그것을 모두

모은 자는 없다.

등급 : A급

분류 : ACC

내구 : 파괴 불가능

[암흑력이 존재하지 않습니다.]

[조건 불충분으로 사용이 불가능합니다.]

염신위의 시체에서 떨어진 아이템을 잡자 생성되는 붉은색 메시지창을 바라보며 무열은 생각했다.

'금빛의 아이템이라……. 한 번도 본 적이 없는 아이템인데 유니크 클래스의 고유 아이템인 건가.'

아이템의 등급에 대한 것은 알고 있지만 무열은 죽기 전까지 일반 병사에 불과했다. 대륙에서 일어났던 커다란 사건 이외에 상층부에서만 전해지는 이야기들은 잘 알지 못한다.

기록서와 같은 고서의 보랏빛 아이템도 그렇지만 황금빛 아이템 역시 처음 보는 것. 그렇기 때문에 미처 생각하지 못한 부분이다. 드랍률 100%인 마석과 달리 아이템과 스킬북은 낮은 확률로 드랍되기 때문에 크게 신경을 쓰지 못한 것도 있었다.

눈앞의 황금빛 아이템을 바라보면서 무열은 낮은 목소리로 말했다.

"파괴 불가능이라……. 그렇다면 착용자가 죽으면 무조건 드랍이 된다는 뜻인가?"

불현듯 스치고 지나가는 생각 하나.

'만약 유니크 클래스를 가진 사람이 죽었을 경우 직업 전용 아이템이 무조건 드랍되는 것이라면……'

"이강호……."

산채에서 그의 죽음 이후를 확인하지 못한 것.

만약, 그가 염신위와 마찬가지로 아이템을 드랍했다면 분명 이정진이 획득했을 것이다.

명백한 실수.

'조태웅에게 산채로 가라고 했던 게 잘못된 선택인 건 아닐까.'

무열은 살짝 입술을 깨물었다.

이정진이라는 존재를 너무 간과했다. 너무도 강렬한 강자들 사이에 있었기 때문에 가려져 있었다. 생각해 보면 가장 먼저 죽여야 할 대상으로 그를 꼽았었는데 말이다.

'염신위의 아이템의 경우엔 네크로맨서의 특수한 능력이 있어야 사용할 수 있다. 이강호가 가진 것도 그런 거라면 괜찮겠지만…….'

검투사는 조금 다르다. 검투사는 검사, 권사, 창병 등 각종 무기를 사용하는 모든 클래스의 통합이라고 봐도 과언이 아니었기 때문이다.

'이강호는 자신이 즐겨 썼던 연사검을 위해 쌍검을 사용했지만 검술만이 검투사의 고유 스킬은 아니니까.'

비연검이 그렇다. 그가 죽기 전 연사검을 비롯해서 검투사의 세 가지 스킬의 특징을 조합해서 만든 것.

'그 안엔 검술뿐만 아니라 보법이나 심법과 같은 것도 녹아 있었으니까.'

그 모든 게 검투사의 스킬.

이정진의 1차 클래스는 권사(拳士).

'빠른 시간 안에 랭크 업을 해야 한다는 생각에 놓친 뼈아픈 실수다. 검투사의 스킬이나 아이템 중에서 만일 하나라도 이정진이 사용할 수 있는 것이라면…….'

조태웅이 위험할 수도 있다.

'북부로 올라가면서 숲을 확인해야겠다. 서펀트를 타고 간다면 조태웅보다 먼저 도착할 수 있겠지.'

무열은 염신위의 시체를 바라보며 생각했다.

'암흑력이라……. 나쁘진 않은 능력이긴 한데.'

고민될 수밖에 없었다.

'지금 상황에서 네크로맨서의 힘을 얻으려면 룰 브레이크를 사용하는 것밖엔 없다. 아니면 2차 전직 때 검사 계열 중 암흑력을 가진 클래스인 흑기사를 선택하는 것뿐인데…….'

흑기사(Dark Knight).

괜찮은 클래스이긴 하다. 근접 딜러 클래스 중에선 상위에 꼽히는 직업이기도 하고, 그 직업을 얻었던 SS랭커인 카터 볼드윈의 부대인 흑풍(黑風)은 염신위의 권세 중에서도 가장 강력했으니까.

'하지만…….'

부족하다.

'흑기사는 매력적인 클래스이긴 하지만 결국 유니크 클래스 중 하나일 뿐. 분명 2차와 3차 랭크 업 던전에도 히든 클래스가 있을 게 분명하다.'

그걸 얻어야 한다.

남들이 전혀 생각지 못하는 것.

'2차 전직을 하는 시점에서 카토 유우나가 랭크 업 던전에 관련된 비밀들을 공표한다. 그 전에 내가 먼저 2차 히든 클래스를 얻어야 한다.'

유니크 클래스 역시 희귀하고 뛰어난 것이긴 하지만 무열은 듀얼 클래스를 얻은 시점에서 이미 관심이 떠났다.

'히든 클래스 속에 숨어 있는 또 다른 클래스. 나는 그걸 얻어야 한다. 그중에 암흑력을 가질 수 있는 클래스가 있다면 좋겠지만……'

무열은 고민 끝에 결정을 내렸다.

'지금 당장 룰 브레이크를 사용하는 것은 비효율적이다.'

룰 브레이크의 남은 사용 횟수는 두 번. 확실히 쉽사리 결정을 내릴 수 있는 문제가 아니었다.

'일단은 2차 전직 시점까지 기다리면서 룰 브레이크를 아낀다. 나머지 두 개의 아이템까지 모으고 결정을 해도 나쁘지 않아.'

암흑력도 암흑력이지만 무열은 조금 전 봤던 효과 중 특수한 언데드라는 것에 흥미가 생겼다.

'염신위의 사령군주에서 가장 강력한 소환체는 듀라한 부대였다. 하지만 그런 그도 웰 바하르의 유품을 모두 모으진 못했어.'

3개로 구성되어 있는 세트 아이템.

'과연 뭘까, 그 언데드가.'

마치 SSS급 무구인 검의 구도자(Seeker of the Sword)처럼 이 목걸이는 네크로맨서를 위한 아이템이었다. 그럼에도 이건 SSS급은 아니다.

'그러고 보면 어째서 인간계 최강 무구인 검의 구도자는 근접 딜러의 무구인 거지?'

세븐 쓰론엔 검사 이외에도 무수하게 많은 클래스가 있었으며 뿐만 아니라 마법사, 환술사, 네크로맨서처럼 캐스터도 있었다. 단지 이강호라는 이미지가 너무 강렬했기 때문에 오직 그만이 SSS급 무구를 착용하는 것을 당연하게 생각했을 뿐이다.

'만약……'

검의 구도자 이외에 다른 SSS급 무기가 존재하지만 단지 완성하지 못했던 것뿐이라면.

'인류가 종족 전쟁에서 지지 않았을지도 모른다.'

무열은 그런 생각이 들자 순간 가슴이 두근거리는 느낌이었다.

'그런 의미에서라도 성급하게 이것을 취하기보다는 일단 나의 권세를 만드는 것부터 집중해야 한다.'

소환된 플레임 서펀트의 위에 올라타며 그는 생각했다.

'지금까진 혼자였지만 앞으론 아니다. 이정진 때와 같은 실수를 하면 안 된다. 권세와 권세끼리의 싸움에선 혼자서 모든 걸 지휘할 수 없으니까.'

자신이 놓친 그 하나가 어쩌면 앞으로 생각지도 못한 변수로 다가올 수 있을지 모른다.

'그게 나를 따르는 자들을 위험하게 할 수도 있다.'

염신위를 따랐던 사람들이 그와 함께 이곳에서 사라지게 된 것처럼.

툭.

무열은 서펀트의 머리를 가볍게 쳤다.

[크르르르르······.]

무너지는 나락바위에서 기다렸다는 듯 서펀트가 날아올랐다.

"군주님!!"

"오셨습니까."

"몸은 괜찮으세요? 별일 없었고요?"

마을로 돌아오자마자 창 일가의 사람들과 더불어 5대 부족의 수장들이 무열을 기다리고 있었다.

"그래, 괜찮다."

무열은 가장 먼저 달려온 리앙제를 보며 말했다.

"준비는?"

"모두 끝났습니다."

"수고 많았어."

"별말씀을. 오히려 주군께서 고생하셨습니다. 반고에게 전후 사정은 모두 들었습니다."

오르도 창은 무열의 검을 바라보면서 고개를 끄덕였다.

"우레군주의 힘을 담다니. 매번 저희를 놀라게 하시네요."

"그게 검의 구도자로서 보여야 할 관문이지 않나."

"대단하십니다."

지금까지 몇 번이나 우승을 거머쥐었던 오르도였지만, 그는 자신이 단 한 번도 나락바위 위에 올라갈 생각을 한 적이 없었다는 것을 떠올렸다.

"'나락바위로 가면 살아서 돌아오지 못한다'라는 말을 너무 당연하게 여기고 있었던 것 같습니다. 저희들이 외지인을 이기지 못한 것도 어쩌면 그런 이유 때문일지 모르겠군요."

"홋…… 만약 네가 먼저 올라갔다면 내가 더 곤란했겠지. 네가 쿤겐의 힘을 받아들였을지도 모르잖아."

무열의 말에 오르도 창은 피식 웃었다.

"설마요. 놀리지 마십시오. 제가 할 수 있는 일이 절대 아닙니다."

"하지만 조금 마음에 걸리는 일이 있다. 최대한 빨리 북부로 올라가려고 하는데…… 괜찮을까?"

"물론입니다. 그러려고 저에게 먼저 준비를 하명하신 것일 테니까요. 다만……."

"다만?"

오르도 창의 말에 무열이 살짝 고개를 꺾었다. 그의 반응에 오르도는 어쩐지 기대에 찬 모습으로 말했다.

"마무리는 하시고 가셔야죠."

"……?"

"……꼭 이걸 입어야 하나?"

"물론입니다."

"잘 어울리는데요?"

리앙제의 말에도 불구하고 무열은 어색한 듯 몇 번이나 자신의 옷을 만졌다.

"이번에야말로 5대 부족이 정식으로 한자리에 모여 주군을 기리는 자리입니다. 재밌게도 사라진 이 의식을 제안한 건 타샤이 부족입니다."

"의외로 반고가 다른 족장들보다 전통을 더 중요하게 생각하는 것 같아."

"북부와의 교류는커녕 저희와도 단절할 만큼 고지식한 사람이니까요."

무열은 창 일가에서 보관하고 있던 구도자의 전통 의상을 입고서 멋쩍은 듯 웃었다.

양어깨와 허리, 그리고 등에 새겨진 다섯 부족의 문양이 걸을 때마다 흔들렸다.

'하긴, 퀘스트의 마지막이기도 하니까.'

나락바위에서 쿤겐의 힘을 얻었지만 아직 D-SS급 퀘스트 나락바위는 완료되지 않았다.

토착인인 그들에게 있어선 의식 중의 하나이지만 무열에겐 조금 다른 의미가 있었다.

'위업(偉業).'

퍼스트 킬러 이후 아직까지 위업이 달성되었다는 알림은 없었다.

위업을 달성한 사람은 무열이 유일하다는 것.

그리고 이제.

좌르르륵---!!!

또 다른 위업을 쟁취할 때였다.

쿠웅.

무열이 막사의 문을 열고 나오자 모두가 무릎을 꿇으며 고개를 숙였다.

'떠나기 전 남부의 기반을 다져 놓아야 한다.'

남부 일대를 통합하려면 꽤 오랜 시간이 걸릴 것이다. 아직 중앙과 동부에 있는 많은 부족이 있기 때문.

하지만 그런 의미에서 창 일가가 주둔하고 있는 이곳은 트라멜 이전에 무열에게 최초의 거점이라 생각할 수 있는 중요한 장소였다.

'토착인의 신뢰를 얻는 것. 특히, 타샤이 부족과의 관계가 중요하다.'

안톤 일리야가 남부로 넘어오면 가장 먼저 동부를 통합하고, 그 후 중앙을 제외하고 이곳으로 올 것이다.

'생각지 못하게 이곳에서 염신위를 죽일 수 있었다. 어쩌면 그 때문에 안톤 일리야의 남부 흡수가 더 빨라질지도 모른다.'

그렇기에 필요한 것이 바로 타샤이 부족.

현재 남부 일대에서 무열이 가진 가장 강력한 힘이자 안톤 일리야의 남부 공략 시간을 최대한 늦출 수 있는 유일한 열쇠

이기도 했다.

"5대 부족이 검의 구도자를 뵙습니다."

엔라 일족의 수장이 가장 먼저 말을 무열을 반겼다. 경기장에서 승리했을 때부터 시종일관 변하지 않는 태도.

무열은 그를 향해 고개를 끄덕이며 말했다.

스릉.

"이 검엔 나락바위에서 얻은 우레군주의 힘이 봉인되어 있다."

즈즈즉……!!

"나는 나의 힘을 증명했다. 그대들은 이제 나의 힘을 믿는가."

화르르륵———!!!

두 자루의 검에서 각각 날카로운 전격과 불꽃이 동시에 일었다.

"오오……."

부족원들은 그 모습에 나지막한 탄성을 질렀다.

"모두가 믿는다. 모두가 그대를 인정한다. 내가 그 증거다. 믿지 못하는 자. 내가 구도자의 검으로서 벌하겠다."

마치 다른 부족의 말 따위 상관없다는 듯 반고는 천천히 일어서 주위를 바라보며 말했다.

가장 믿지 않았던 반고의 변화에 나머지 부족의 수장들은 못 말린다는 얼굴로 어깨를 들썩이며 웃었다.

"엔라 일족은 처음부터 검의 구도자를 따랐다는 것을 기억해 주시기 바랍니다."

눈치 빠른 엔라 일족의 수장이 사람 좋은 웃음을 보이며 말했다.

"이매 일족 역시 그러합니다."

"부이족은 당신을 인정합니다."

그에 질세라 나머지 사람들도 그를 따랐다. 오르도 창은 굳이 말하지 않아도 충분하다는 듯 고개만을 끄덕였다.

오르도가 앞으로 걸어 나왔다.

"모두 들어라. 지금 이 자리에서 진정한 검의 구도자의 탄생을 알린다!!!"

그러고는 손을 들어 올리며 외쳤다.

와아아아아아아아———!!!!!

귀가 먹먹할 정도의 울림.

무열은 천천히 모두의 얼굴을 바라보았다.

[D-SS급 퀘스트 '나락바위'의 모든 퀘스트를 완료하였습니다.]
[위업 달성!!]

그 순간, 예상대로 떠오르는 메시지창에 무열은 자신도 모르게 주먹을 쥐었다.

'역시…….'

그는 이것을 기다렸다.

[검의 구도자(Seeker of the Sword)]

[남부 일대 서쪽 지역을 통괄하는 5대 부족을 통합한 수장이 탄생하였습니다.]

[스테이터스 상승 5%]

[마스터리 획득 포인트 상승률 10%]

[남부 지역에서 사냥 시 마석 획득률 상승 10%]

[권위가 상승하였습니다.]

[충성을 맹세한 토착인들의 신념이 굳건해집니다.]

[중앙과 동부 일대를 모두 통합하게 될 경우 얻게 되는 효과가 중첩됩니다.]

두 번째 타이틀.

'드디어 얻었다. 생각보다 너무 길었어.'

하지만 그만큼 가치가 있는 시간이었다. 단순히 랭크 업 던전에 이름을 새기겠다는 이유였던 남부 진출이었다. 하지만 이곳에서 뇌격과 뇌전, 두 자루의 검뿐만 아니라 우레군주의 힘, 마지막으로 5대 부족까지 정말로 많은 것을 얻었다.

'이제 시간이 없다.'

자신의 이름은 나오지 않았지만 대륙 전역으로 알려지는 위업에 대한 소식 때문에 남부의 서쪽 지역이 통합되었다는 것을 모두가 알게 될 것이다. 빠르게 움직여야 했다. 무열은 이제 처음부터 계획했던 진짜 목적을 향해야 할 때라고 직감했다.

"그래."

'북부엔 그자가 있다.'

이강호와 마지막까지 권좌를 두고 싸웠던 사람.

캔슬러(Canceler) 휀 레이놀즈.

그는 강하다. 하지만 인간군 4강은 더 이상 넘지 못할 벽이 아니었다. 이미 그 4명 중 두 명이 자신에게 굴복하지 않았던가.

[크아아아아아———!!!]

플레임 서펀트가 맹렬한 포효를 지르며 상공으로 날아오르기 시작했다.

무열은 부족원들을 바라보며 천천히 입을 열었다.

"이제 북부 정벌의 시작이다."

새로운 무대의 시작을 알리는 서막이었다.

"상태창."

무열은 자신의 앞에 생성되는 하나의 창을 바라보면서 정말 오랜만에 확인한다고 생각했다.

　예전엔 스테이터스 하나가 올라갈 때마다 상태창을 불러 보고 또 보고 했었다. 마치 습관처럼 상태창을 불렀다 없앴다를 반복하면서 기쁨 반 회의감 반을 느꼈다. 언제쯤 근력이 더 오르고 언제가 되어야 체력이 1포인트 더 오를까 하는 생각뿐.

　'정말 바보 같았지.'

　가만히 상태창만 들여다본다고 자신의 능력치가 오르는 것이 절대 아니다. 이건 게임이 아닌 현실. 보이는 수치에 목매지 않고 세븐 쓰론에 흡수되듯 자신 스스로의 감각부터 일깨우자. 오히려 무열은 외지인이면서도 토착인에 가까운 특이한 입장이 되었다.

　그는 단순히 미래를 알고 있기 때문이 아니라 자신의 몸을 좀 더 활용할 수 있게 된 덕에 빠르게 강해짐을 느꼈다. 그리고 그것이 다른 사람들과의 극명한 차이를 만드는 것이다.

　'물론 수치는 지금의 상태를 확인하기 위해 분명 필요하다. 대인전이 아닌 몬스터 사냥에서 자신의 기준을 정할 수 있으니까.'

이름 : 강무열

랭크 : D

직업 : 패스파인더 & 화염의 군주

근력 : 480(+80) 민첩 : 290(-30)

체력 : 370(+200) 마력 : 0

〈히든 스테이터스〉

카르마(Karma) : 10 / 100

권위(Authority) : 15 / 100

〈내성력〉

물리 내성 : 30 마력 내성 : 30

화염 내성 : 20

〈속성력〉

화염 속성 : 50

번개 속성 : 20(무기 한정)

〈버프〉

[최초의 검술 창조자]

[불꽃 첨탑의 강자]

[경기장의 승리자]

〈타이틀〉

퍼스트 킬러(First Killer) - 활성화

검의 구도자(Seeker of the Sword) - 활성화

〈전투 스킬〉

[검술 마스터리 : 55%(D랭크)]

–강검술 : 95% – 2식

–비연검 : 15% – 2식

[완벽한 붕대법 : 15%(D랭크)]

〈생산 스킬〉

[지도 제작 : 55%(E랭크)]

'이렇게 보니 새삼 놀라운걸.'

무열은 길게 늘어져 있는 자신의 각종 능력치를 보면서 생각했다. 전생에서는 고작 훈련소에서 지급되는 E급 강철검을 들고 죽기 살기로 싸웠다. 변변찮은 능력치에 타이틀 같은 것은 꿈도 꾸지 못했었다. 그러나 이젠 완전히 달라졌다.

'내가 모든 걸 바꿀 수 있을까…….'

여전히 드는 불안감.

'아니.'

무열은 고개를 저었다. 자신은 평범하다. 하지만 그렇기 때문에 더 많은 것을 얻을 수 있었다.

"무슨 생각을 그리 하십니까?"

"응? 아니야. 아무것도."

모닥불 앞에 앉아 있는 무열에게 오르도 창이 물었다. 상의를 탈의한 그가 흐르는 땀을 닦고서 그의 옆에 앉았다.

"어때? 할 만해?"

"아직…… 어렵네요."

"그래, 쉽게 익힐 수 있는 건 아니야. 지금 존재하는 검술보다 몇 단계 위의 것이니까. 그러니 조급해하지 마."

북부로 향하는 길목에서 야영을 위해 숲에 멈춘 무열 일행.

무열은 틈틈이 오르도 창에게 비연검을 전수해 주기로 했다. 그리고 결과는 예상대로였다.

'토착인들은 우리와 다르게 스킬북이 없어도 검술을 습득할 수 있어. 게다가 강찬석과 다르게 스킬 전수를 하지 않고 보는 것만으로도 배울 수 있고 말이지.'

그것이 토착인과 외지인의 차이점.

무열은 천천히 잡혀가는 오르도 창의 검술을 보며 고개를 끄덕였다.

'현재 쌍검술만 놓고 본다면 오르도 창의 숙련도는 나 못지않다. 나중에 비연검뿐만 아니라 다른 검술들까지 습득하고 나면 검술을 만드는 데 그의 도움을 받을 수도 있을지 모르겠군.'

무열은 자신의 예상이 맞아서 기쁘기도 하지만 반대로 아쉬운 점도 있었다.

'연사검. 그걸 익힐 수가 없다니. 토착인이라 할지라도 스킬북이라는 규율이 적용되는 나에겐 스킬을 알려줄 수 없다는 건 생각지 못했군.'

이강호는 경기장에서 승리하면서 연사검을 획득했다. 무열
또한 경기장에서 오르도 창을 죽였다면 연사검을 익힐 수 있
었을지도 모른다.

'하지만 뭐…… 그것보다 더 많은 걸 얻었으니까.'

검투사의 절기 중 하나인 연사검은 확실히 뛰어난 검술이
지만 무열은 그에 못지않은 화진검을 얻었다는 것에 일단 만
족했다.

'기회가 된다면…….'

이강호라는 존재 자체가 가지는 힘 때문에 연사검은 절세
검술로 느껴졌지만 사실상 1차 직업에서 얻는 검술일 뿐이다.

'연사검보다 더 강력한 검술은 얼마든지 있을 것이다.'

그 이강호조차 자신의 화진검은 얻지 못했지 않은가.

"반고가 무척이나 동행하고 싶어 했었는데 아쉬울 것 같습
니다."

"그래?"

"네, 타샤이 부족은 너 나 할 것 없이 모두 싸우는 데 목적
을 두고 있으니까요. 아마도 제가 군주님께 검술을 배울 것이
라는 걸 듣고 더 그러는 것 같았습니다."

"훗……. 반고, 그 녀석은 생긴 거랑 다르단 말이야."

무열은 오르도 창의 말에 피식 웃었다.

'걱정 마라. 이미 생각해 놓은 게 있으니까.'

반고는 확실히 뛰어난 투사다. 하지만 아직은 오르도 창에 비하면 부족한 점이 있었다.

가장 눈에 띄는 점은 바로 검술의 투박함.

'내가 익힌 검술 중에서 굳이 가르치려면 강검술을 꼽을 수 있겠지만 그건 반고에게 어울리지 않는다.'

게다가 단순히 그에게만 검술을 가르친다고 끝나는 것이 아니다. 타샤이 부족 전원이 배울 수 있는 검술이어야 했다. 반고가 부족원들에게 가르치게 하려면 좀 더 단순하면서도 확실한 것이 필요했다.

'학살자 르카르의 전투술.'

북부 지역에서도 가장 끝에 있는 벽촌 마을에서 얻을 수 있는 공격 스킬.

재밌는 건 '르카르의 전투술'은 무기에 제한이 없다는 것이다. 검술뿐만 아니라 날이 있는 날붙이라면 모두 똑같은 위력을 낼 수 있다. 말 그대로 전투를 위한 기술.

'타샤이 부족에게 그만큼 어울리는 스킬도 없겠지.'

물론 얻는 방법이 쉬운 것은 아니다.

학살자 르카르. C급 인간형 몬스터로 오우거 성채의 주인.

그가 사용하는 두 개의 거대한 배틀 엑스의 위력 하나하나가 대단한 것도 있었지만, 녀석의 안뜰까지 가기 위해서 잡아야 할 몬스터의 숫자도 만만찮았다. 필드 네임드급 몬스터라고 해도 과언이 아니었다.

'예전에 녀석을 잡기 위해 50여 명에 가까운 D급 랭커 부대원이 소모되었는데……. 트라멜의 일을 끝내고 바로 간다면 가능할까.'

쉽지 않은 공략이지만 도전해 볼 가치는 있다.

'강찬석을 비롯해 트라멜에 있는 3거점의 사람들이 날 따라 준다면…….'

최대한 빨리 타샤이 부족을 강하게 만들어야 남부 일대의 안정화를 꾀할 수 있다는 게 무열의 생각이었다.

이제 하루만 더 가면 카스테욘숲에 도착한다.

"뭐…… 일단은 잘까."

고민은 여기까지. 플레임 서펀트 덕분에 줄어든 이동 시간만으로도 지금은 감사해야 할 일일 것이다.

그의 말이 떨어지기를 기다렸던 리앙제와 오르도 창은 고개를 끄덕였다.

'이정진…….'

무열은 눈을 감으면서 산채에 있을 그를 떠올렸다.

"……이게 어떻게 된 일이지."

다음 날, 무열은 눈앞에 펼쳐진 광경을 보며 혼란스러운 듯 낮은 목소리로 중얼거렸다.

카스테욘숲을 통과하면서 이정진을 정리하고 트라멜로 향하려는 무열의 계획은 틀리지 않았다. 그러나 예상하지 못한 일이 생겼다.

'이정진의 산채가 사라졌다.'

원래대로라면 거대한 산채가 있어야 할 이정진의 본거지는 무너지고 파괴되어 폐허가 된 채였다.

무열은 새카맣게 타버린 산채 안으로 천천히 걸어갔다.

'이정진이 스스로 산채를 버린 걸까?'

그럴 가능성이 있다. 자신과 이강호 사이의 일 이후 거점의 위치를 바꿨을 수도 있으니까.

'하지만…….'

녀석은 성격상 그렇게 주도면밀하게 움직이는 사람이 아니었다. 게다가 이곳은 랭크 업을 하기 위해 지나치는 사람이 많아서 이정진이 PK를 하기에 최적의 장소이기도 했다.

'내가 너무 그를 쉽게 본 걸까.'

무열은 이정진이 있었던 산채의 본진 안을 천천히 살폈다.

'아니.'

뭔가 조금 이상했다.

'이정진이 굳이 스스로 자신의 산채를 불태우고 가진 않았

을 거야. 게다가 무너진 기둥들은…….'

재처럼 타버려서 선뜻 눈에 들어오지 않았지만, 자세히 보면 부서진 산채에는 마치 잘려 나간 것처럼 표면이 매끄러운 조각들이 있었다.

'전투가 있었던 건가.'

하지만 누가?

북부 일대에서 이정진의 산채를 쓸어버릴 만큼의 세력을 가진 사람이라면 휀 레이놀즈가 유력했다.

'그가 트라멜을 노리고 있긴 하겠지만…… 이건 그의 전투 방식과는 많이 달라.'

휀 레이놀즈의 전투는 항상 깔끔했다. 하이랜더(Highlander)의 히든 스테이터스인 통솔력 수치를 올리기 위해서라도 그는 불필요한 살인은 최대한 줄이려고 노력했다. 부대원들을 완벽하게 통솔하기 위해선 단순한 강함 이상의 명분이 필요했기 때문에.

'뭐…… 그게 그의 패착이 된 이유기도 하지만. 어쨌든 휀 레이놀즈는 아니다. 그렇다면 누가 있지?'

무열은 머릿속에서 기억을 더듬어 보았다.

'광랑(狂狼)이라고 불렸던 홍콩인 이셴이나 가스파드(Gaspard)라는 별명을 가진 벨파나 정도가 있긴 하지만…….'

둘 다 후발 주자였기에 시기상 맞지 않았다. 만약 지금 이정진을 만났다면 오히려 그들이 당했을 것이다.

"도대체……."

단순하게 생각할 수도 있다. 하지만 무열은 또다시 마무리를 짓지 못한 채 돌아가야 한다는 사실이 찜찜했다.

'이정진이 죽은 거라면 몰라도 확인이 되지 않은 상황에서 이렇게 그냥 두는 건 좋지 않은데…….'

그러나 지금으로서는 확인할 방법이 없었다. 재가 되어버린 산채에선 공격 수단조차 알아내기 어려웠으니까.

"어쩔 수 없나……."

무열은 하는 수 없이 자리에서 일어섰다.

그때였다.

바스락.

무열의 발에 밟히는 무언가.

가루처럼 부서지는 느낌이 등골을 오싹하게 만들었다.

"……설마."

머릿속을 스치고 지나가는 한 가지.

무열은 조심스럽게 자신의 발을 치우면서 검은 연기 같은 덩어리를 바라봤다.

"어이, 거기. 어서 나오는 게 좋을걸. 더 안으로 들어가는 건 위험해."

그 순간, 산채의 울타리 바깥쪽에서 들리는 목소리.

무열이 고개를 돌렸다.

"아직 독기가 남아 있을지 모르니까 말이야."

'⋯⋯!!'

시야에 들어온 한 남자. 허름한 옷차림에 주렁주렁 뭔가를 달고 있는 그는 턱수염이 덥수룩하게 자라 있어 얼굴을 제대로 알아보기도 힘들었다.

"누구냐."

오르도 창이 자신의 검을 뽑으며 그를 경계했다.

그러나 남자는 날카로운 검 끝을 바라보면서도 오히려 느긋한 표정으로 두 손을 들었다.

"어이, 난 딱히 싸우려고 온 것도 아닌데? 하지만 내 말대로 거기서 나오는 건 좋을 거야."

오르도 창은 계속 남자를 경계하며 그 자리에서 움직이지 않았다. 하지만 의외로 무열은 순순히 그의 말을 따랐다.

"나가자, 오르도."

"⋯⋯네?"

생각지 못한 반응에 오르도가 고개를 돌렸다.

"저 사람 말대로 나가는 게 맞을 거야."

무열이 남자를 바라봤다.

'여기서 그를 만나게 될 줄이야. 그가 이 시기에 북부에 있었나? 방랑벽이 있어서 남부 어딘가에 있을 거라고 생각했는

데…….'

자신의 말대로 산채 밖으로 걸어가는 무열을 보며 남자가 가볍게 웃었다. 삐쩍 마른 몸엔 근육이라고는 찾기 어려워 약해 보였지만 실상은 그렇지 않았다.

무열은 남자의 인상착의만으로 단번에 그의 정체를 알았다. 저 남자만큼 이 세계에서 특이한 이력을 가진 사람도 드물 것이다.

'낚시꾼, 칸 라흐만.'

아무도 하지 않은 일만 골라서 하는 괴짜.

"여기서 무슨 일이 있었던 건지 알고 계십니까?"

무열이 칸 라흐만에게 물었다. 그는 나무에 몸을 기대더니 자신의 몸에 달고 있는 약병 중 하나를 꺼내 들이켜며 대답했다.

"물론, 알다마다. 당분간 북부가 난리가 날지도 몰라. 이런 녀석은 처음 봤거든."

"그게 뭡니까?"

"나도 모르지. 말했잖아, 처음 봤다고. 하지만 확실한 건 저 방향으로 갔다는 거지."

그는 트라멜이 있는 방향을 가리키며 말했다.

"흐음…… 이렇게밖에 말을 하지 못하겠는걸."

칸 라흐만은 팔짱을 낀 채로 나지막한 목소리로 말했다.

"재해가 왔다 갔다."

"재해?"

"그게 뭐죠?"

칸 라흐만의 말을 이해하지 못한 오르도 창과 리앙제가 되물었다. 그러나 무열은 달랐다.

"……!!!"

'그 사건이다.'

세븐 쓰론엔 인간들 간의 권세 다툼 말고도 중요한 또 다른 것이 있었다.

바로, '열 가지 재해(災害)'.

무열이 트라멜에 빨리 가려고 했던 이유이기도 하다. 그중 하나가 트라멜을 덮칠 것이기 때문이다.

'하지만…… 이렇게 빨리?'

생각했던 것보다 너무 이르다. 이 정도 속도라면 얼마 안 있어서 트라멜에 도착할지 모른다.

'아니, 애초에 재해는 예측할 수 있는 게 아냐.'

저번 역사에서 소요됐던 시간이 이번에도 똑같이 적용될 거라고 볼 순 없다.

5년 뒤, 지금 앞에 있는 칸 라흐만이 이런 얘기를 했었다.

"나는 지금까지 열 가지의 재해에 대해 연구했었다. 하지만 내가 내린 결론은 결국 재해란 우리가 사는 세계와 똑같다는 것이다. 피할 수도, 막을 수도 없다. 인간이 만든 게 아니니까. 태풍이라든지 해일이라든지 하는 걸 인위적으로 막을 순 없잖은가. 하지만 이곳은 더욱 지랄 맞지. 왜냐고?"

세븐 쓰론에 징집되고 모든 시간을 재해를 탐구하는 데 바쳤던 그가 내린 결론.

"이 재해들이 모두 신의 많은 유희 중에 하나거든. 신이 하고 싶을 때 마음대로 내뱉는 거지 같은 장난이지."

"뭐…… 이미 산채엔 아무도 없었던 것 같긴 하지만 말이야."

칸 라흐만이 가볍게 고개를 저으며 말했다.

"여길 쓸고 간 게 어떤 재해입니까?"

"호오…… 재해라는 이름은 그냥 내가 갖다 붙인 건데 용케 잘 알아듣네?"

그는 무열의 반응에 재밌다는 듯 살짝 흥미를 느끼는 얼굴로 말했다. 하지만 떨리는 무열의 눈빛을 보자 그는 뭔가 이상함을 느꼈다.

"너…… 뭔가 아는 게 있는 거군? 포기해. 그건 어떻게 할 수 있는 게 아냐."

그의 말에도 불구하고 무열은 고개를 저었다.

"말해주시죠."

지금의 그는 이렇게 말하지만 재해는 막을 수 없다는 결론을 내린 지 1년이 더 지난 6년 뒤, 그는 자신의 이름을 날리게 된 업적을 이룬다.

바로, 인간 중 유일하게 열 개의 재해 중 첫 번째 재해인 '혈(血)'의 해결책을 찾았다는 것.

'그 뒤로도 당신은 2개의 재해를 더 해결했었다.'

"자네, 정말 이상한 친구로군."

하지만 무열은 칸 라흐만이 미래에 재해 중 셋을 해결했다는 말을 섣불리 하지 않았다. 대신 다른 계획이 그를 만난 직후부터 무열의 머릿속에 빠르게 짜이고 있었다.

'이정진은 찾지 못한 건 아쉽지만 더 큰 수확을 얻었다. 여기서 낚시꾼을 만나게 된 건 기회야.'

우연이라 할지라도 얻게 된 이 기회를 놓치지 않을 생각이다.

"글쎄…… 일단 내가 붙인 이름은 이거다."

칸 라흐만은 죽기 전까지 열 가지 재앙 중 셋을 해결하면서 인류가 재해를 막을 수 있음을 보여준 사람이었다.

'전생에서 그가 해결한 재해는 세 개……. 모든 재해를 막을 순 없을지라도 내가 돕는다면 그 두 배의 해결책을 찾을 수 있지 않을까? 그렇게만 된다면 훨씬 더 많은 사람을 살릴 수 있게 된다.'

칸 라흐만의 말에 살짝 입술을 깨물며 말했다.

"이틀 전, 흑암(黑暗)이 지나갔었다."

무열은 조금 전 산채에서 봤던 검은 덩어리를 떠올리며 자신의 예상이 맞았다는 걸 확인했다.

"역시."

크나큰 재앙 앞에서도 그 말을 들은 무열의 입꼬리는 오히려 살며시 올라갔다.

생각 외의 반응에 칸 라흐만은 이상하다는 듯 무열을 바라봤다.

이정진의 산채를 헤집고 지나간 것. 그건 바로.

'아홉 번째 재해.'

12년 후, 칸 라흐만이 마지막으로 해결책을 찾았던 재해였다.

23장
낚시꾼, 칸 라흐만

열 개의 재해(Ten Disasters).

신의 변덕인지 아니면 정말 장난인 것인지 알 수 없지만 인류가 생각하는 단순한 자연재해와는 다른 비정상적인, 영적인 재앙들이 어떠한 주기 없이 대륙을 덮쳤다. 죽는 사람이 부지기수였으며 그 피해도 제각각이라서 종잡을 수 없었다.

'그중 아홉 번째.'

바로, '트라멜의 악몽'이라 불리게 될 사건.

원래대로라면 3개월이나 더 남은 일이었다. 그렇기 때문에 무열은 트라멜을 안정화한 뒤 재해에 대비하려고 했었다. 하지만 그의 예상을 마치 비웃듯 변덕스러운 신은 그가 트라멜을 안정시킬 시간조차 주지 않고 재해를 발생시켰다.

흑암(黑暗).

칸 라흐만이 명명한 이 재해는 거대한 먹구름 같은 것이 천천히 대륙을 순회하면서 자신의 아래에 놓인 모든 생명체를 태워 버렸다.

그나마 다행인 건 검은 구름이 영원히 지속되는 것이 아니라 움직이면서 몇 개의 도시를 먹어 치우고 나면 사라진다는 것이다.

'문제는 시간이겠지.'

어떨 때는 일주일도 되지 않아 사라지기도 하지만 어떨 때는 보름, 한 달이 되어도 사라지지 않고 계속해서 부유하기도 한다.

'흑암은 마치 자석에 끌리는 것처럼 자신이 있는 곳에서 가장 가까운 마을을 찾아 이동한다. 아마도…… 트라멜에 도착하기까지 남은 시간은 한 달쯤.'

다행인지 불행인지 카스테욘숲에서부터 트라멜까진 크고 작은 군락이 제법 많았다.

흑암이 지나간 자린 폐허가 될 터.

무열은 입술을 깨물었다.

선택을 해야 한다.

'그곳에 있는 사람들까지 피신시킬 시간은 없다.'

모두를 구할 수는 없다.

'한 달…… 이라면.'

적어도 트라멜의 사람들을 구하는 것은 할 수 있다.

"오르도, 트라멜로 가는 건 잠시 보류해야겠다."

"네?"

생각지 못한 변수는 언제든지 일어나는 법이다. 무열은 고작 일주일 정도 날아가면 도착할 트라멜을 참으로 멀리 돌아가게 되었다고 생각했다.

"하지만…… 5대 부족과 약속한 것도 있지 않습니까? 괜찮을까요?"

"그들이 오는 것도 비슷하게 걸릴 거야. 조금 빠듯하지만 이대로 트라멜에 가 봐야 거기에 있는 사람을 모두 죽이든 아니면 결국 트라멜을 포기해야 하는 상황이 오게 될 거니까."

"……그 정도입니까?"

오르도 창은 무열의 말에 얼굴이 굳어졌다. 재해를 경험해 보지 못한 건 오르도 역시 마찬가지였기 때문이다.

"그럼 주군께서 트라멜을 노리는 사람들이 있다던 건……."

"걱정 마. 트라멜은 쉽게 빼앗을 수 있는 곳이 아니니까."

처음 이강호가 트라멜에 자신의 거점을 구축했을 당시에도 똑같이 그곳을 노리는 몇 개의 세력이 있었다.

그중 하나가 바로 휀 레이놀즈였다.

하지만 그도 결국 실패했다.

무열이 생각하고 있는 하나의 카드.

'강찬석. 지금으로선 그를 믿을 수밖에.'

이강호가 없긴 하지만 그의 능력이라면 휀 레이놀드의 권세를 물리치진 못하더라도 최소한 수성(守城)은 가능할 것이다.

'그 사람이라면 쉽게 트라멜을 내어주진 않을 것이다. 최대한 그가 버텨주기만 한다면…… 기회는 있다.'

휀 레이놀즈와 이강호의 권세가 처음을 부딪쳤던 그때에도 트라멜의 수비를 맡고 있었던 것은 강찬석이었다.

'그는 공격엔 익숙지 않아도 지키는 싸움은 능숙하게 해낼 수 있는 사람이니까.'

무열이 그를 트라멜로 보낸 것도 단순히 3거점을 옮기려는 것뿐 아니라 그런 뜻도 있었던 것이다.

'그리고 만약에 실패한다 하더라도 흑암이 다가오고 있다는 걸 생각하면 딜을 할 수 있는 카드는 충분해.'

어차피 트라멜을 누가 먼저 먹느냐는 중요한 게 아니기 때문이다.

'트라멜에서 살아남을 수 있느냐가 문제인 거지.'

그냥 둔다면 휀 레이놀즈라 할지라도 거점을 포기할 수밖에 없을 테니까 말이다.

'전투가 벌어지기 전에 트라멜로 가는 것이 최선이다.'

무열의 눈빛이 빛났다.

"이봐, 아까도 말했지만 포기해. 이건 인간의 힘으로 어떻게 할 수 있는 게 아냐."

칸 라흐만은 골똘히 생각에 잠겨 있는 무열을 향해 말했다.

"아뇨, 당신도 같이 갈 겁니다."

"……뭐?"

"그게 당신이 낚시꾼이 된 이유일 테니까."

그 순간, 사람 좋은 미소를 띠면서 웃던 칸 라흐만의 표정이 굳어졌다.

"방금 뭐라고 그랬어?"

"당신이 낚시꾼이 된 이유 말입니다. 아직까지 1차 클래스를 얻지 못했을 리는 없을 테고……. 랭크 업 던전 말고 다른 곳에서 전직을 하시지 않았습니까?"

"네가 그걸 어떻게 알지?"

칸 라흐만은 무열을 날카롭게 바라봤다.

'뭐지? 재해에 대해서도 그다지 놀라지 않은 것도 그렇고……. 게다가 내 직업까지…….'

"별로 놀라운 일은 아닙니다. 그냥 저도 우연히 낚시꾼 카밀을 만났었던 것뿐이니까요. 딱히 저랑 어울리지 않는 클래스라 포기했지만."

"하? 포기? 미친……. 어디서 주워들었는지 모르겠지만 낚시꾼이 그렇게 만만하게 보이나?"

세븐 쓰론에는 랭크 업 던전 이외에도 직업을 얻을 수 있는 곳들이 있다. 그곳에서 얻은 직업을 가리켜 특수 직업이라고 한다. 단일 클래스인 특수 직업은 일반 직업들과 달리 2차, 3차 전직에서 새로운 카테고리의 직업을 선택할 수 없다. 한 번 랭크 업을 할 때마다 다른 선택지 없이 그대로 전직한 클래스의 상위 클래스가 되었다. 대부분은 생산직이 그렇지만 칸 라흐만처럼 특수한 퀘스트를 통해서 직업을 얻는 사람들도 있었다.

'낚시꾼.'

그건 정말 물고기나 낚는 그런 강태공을 의미하는 것이 아니다.

'그가 낚아 올리는 것.'

그건 바로 '정보(情報)'였다.

'당신이 재해 연구를 하기 시작한 가장 큰 이유는 단순히 성격이 괴짜이기 때문만은 아냐.'

그를 움직이게 만든 계기.

'조금 위험한 얘기지만…… 어르고 달래서 그를 합류시킬 시간이 없다.'

지금도 흑암은 계속해서 움직이고 있을 테니까.

정공법.

무열이 칸 라흐만에게 말했다.

"지금 딸을 찾고 있지 않습니까? 낚시꾼이 된 것도 그 때문이고."

그 순간, 그의 얼굴이 굳어졌다.

"……너 이 새끼, 정체가 뭐야? 내 뒷조사라도 한 거냐? 설마 푸른 사자 놈들이냐!"

'……푸른 사자?'

처음 들어보는 이름이었다.

'그런 단체가 있었던가? 뭐지.'

하지만 지금은 한시가 급한 상황. 궁금증을 해결할 때가 아니었다.

"그게 어딘지 모르겠지만 우린 아닙니다."

"그걸 나보고 믿으라고?"

"네, 믿으셔야 할 겁니다. 제가 따님이 어디에 있는지 알고 있으니까."

콰아아아앙---!!!

그때였다. 칸 라흐만이 허리에 감고 있던 벨트를 뽑아 휘젓자 마치 채찍처럼 사방으로 바닥이 금이 갔다.

"꺄악……!!"

오로도 창이 재빨리 리앙제를 안고서 피했다.

"딸에게 허튼짓을 한다면 가만두지 않겠다."

"걱정 마십시오. 안전한 곳에 있으니까. 아직까지는. 이렇게 얘기하니 정말 납치라도 한 것 같지만…… 사실 만난 적은 없습니다."

말해놓고 보니 오해의 소지가 생길지도 모르겠다는 생각에 무열이 두 손을 들며 말했다.

그의 행동에 칸 라흐만의 눈빛이 날카로워졌다.

"뭘 노리는 거지? 흑암을 막아? 위업이라도 달성해 볼 요량으로 도박을 하려는 것 같은데 죽을 거면 혼자 죽어. 내 딸을 가지고 장난질 치지 말고."

칸 라흐만은 무열을 보며 생각했다. 위험을 무릅쓰고 뭔가를 해야 한다면 인간은 당연히 뒤따르는 대가를 생각할 수밖에 없다. 그리고 그 보상이 좋으면 좋을수록 난이도 역시 올라가는 것은 당연한 일. 게다가 무슨 이유인지 자신이 딸을 찾고 있다는 것도 알고 있다.

'카밀을 만났다고? 어림 반 푼어치도 없는 소리. 그 성격 더러운 노친네가 잘도 너에게 내 이야기를 알려줬겠다.'

칸 라흐만은 처음 낚시꾼이 될 때를 떠올리며 생각했다.

"내 딸은 내가 찾는다. 네 녀석이 그걸 못 봐서 하는 소리지. 난 절대로 가까이 가지 않을 거다."

"아뇨, 가야 합니다."

무열은 자신의 주위를 할퀴고 지나간 채찍 자국들에도 불구하고 그 자리에 가만히 서 있었다.

"아니, 도대체 내가 왜?!"

칸 라흐만은 이렇게까지 했는데도 고집스럽게 말하는 무열의 모습에 어처구니가 없다는 표정을 지었다.

"혼자서 찾아선 늦어."

"……뭐?"

"당신의 딸이 지금 트라멜에 있으니까."

그가 평생을 바쳐 재해 연구를 하게 된 가장 큰 이유는 바로 처음 발생한 재해에서 잃어버린 자신의 딸이 죽은 것을 알게 되었기 때문이다.

남들은 절대로 하지도, 관심을 가지지도 않았던 일.

모두가 권좌라는 정상만 바라보고 있을 때 밟고 서 있는 땅의 문제를 해결하려고 했던 사람.

'이번엔 혼자서 하게 내버려 두지 않을 거다.'

"그러니 같이 가시죠."

굳건한 무열의 얼굴에 칸 라흐만은 굳었던 표정이 풀어졌다. 대신 그에겐 또 다른 감정이 스며들었다.

망설임.

"내 딸이…… 지금 트라멜에 있다고?"

당장에라도 달려가고 싶은 마음이 간절했다. 조금 전 그가 말한 대로라면 지금 서둘러서 간다면 흑암이 닥치기 전에 딸과 함께 도망칠 수 있다. 애초에 그가 낚시꾼이 된 이유도 딸의 자취를 찾기 위함이 아니던가.

"……."

무열은 그가 고민하는 이유를 단번에 알 수 있었다. 그렇기 때문에 먼저 그에게 말했다.

"그냥 가셔도 막진 않겠습니다. 이대로 트라멜에 간다면 뭐…… 이왕 간 김에 흑암에 대해서 알려주셔도 좋겠죠."

"뭐야, 같이 가 달라고 하는 사람의 태도면 좀 더 붙잡아야 하는 거 아닌가?"

오히려 칸 라흐만이 무열의 태도에 헛웃음을 지었다.

"역사가 모두 내 뜻대로 되는 것만은 아니라는 걸 경험했기 때문이라고 말해두죠. 하지만…… 당신이 돕는다면 이번엔 글쎄…… 몇억 명 정도는 더 살릴 수 있지 않을까 싶은데."

"하아? 웃기지도 않은 말이군. 내가? 난 권좌엔 관심 없어."

"알고 있습니다."

처음엔 장난인 줄 알았다. 하지만 무열의 표정에서 칸 라흐만은 그가 진심이라는 걸 느낄 수 있었다.

"권좌에는 내가 오릅니다. 당신은 당신이 하려는 일을 하십시오."

너무나도 당연하다는 듯 말하는 그의 모습에 칸 라흐만은 이제는 무엇이 무열의 진짜 모습인지 헷갈릴 지경이었다.

권좌라는 것이 애 이름도 아닌데 이렇게 아무렇지 않게 말하는 게 우스워 보일지도 모르지만 칸 라흐만에겐 무열의 말이 다르게 다가왔다.

바로, 알 수 없는 고양감으로.

"권좌의 왕들도 하지 못한 일."

무열이 그를 바라봤다.

"당신이 하는 겁니다. 당신의 딸과 많은 사람을 그 손으로 구할 수 있습니다."

"……."

"도망치기만 해서는 절대로 해결할 수 없습니다. 재해는 이번이 끝이 아니니까."

무열은 예전에 칸 라흐만이 했던 말을 떠올리면서 그에게 말했다. 재해는 피할 수도 막을 수도 없는 것이라 했던 그가 결국 해결책을 찾았으니까.

"하……."

칸 라흐만은 아무런 대답을 하지 않았다. 하지만 머릿속은 마치 소용돌이가 치는 듯 어지럽게 생각들이 휘몰아쳤다.

'나도 미쳤나 보군. 저 눈빛에 흔들리는 걸 보니.'

"……젠장."

칸 라흐만이 바닥을 발로 내려쳤다.

"확실히 막을 수 있는 거냐, 너."

"있습니다, 당신이 도와준다면."

무열의 말에 그는 풀었던 채찍을 다시 허리에 감으면서 말했다.

"아무래도 도박은 네가 아니라 내가 하게 되는 모양이군."

철컥.

채찍의 버클을 잠그고 주렁주렁 달고 있는 약병들을 서둘러 정리하면서 그가 말했다.

"넌 아무래도 내가 지금까지 본 사람 중에 가장 미친 녀석이 아닐까 싶다. 재해에 덤빌 생각을 하다니."

무열은 그의 말에 옅은 미소를 지었다.

'그 미친 짓을 평생을 바쳐 했던 게 바로 당신이라는 걸 아마 모르겠지.'

그가 자신에게 손을 내밀었다.

"칸 라흐만이다."

무열은 이미 그 이름을 잘 알고 있었지만 내색하지 않고 자신의 새로운 파트너의 손을 잡으며 말했다.

"강무열입니다."

"덩굴언덕? 어떻게 거기까지 갈 생각이지? 아무리 빨리 걷는다고 해도 거길 들렀다가 트라멜에 가면 늦을 텐데."

카스테욘숲을 지나면서 칸 라흐만이 걱정스러운 듯 무열에게 말했다.

"괜찮을 겁니다, 4명까지는."

"……그게 무슨?"

무열의 말에 오르도 창과 리앙제는 무슨 뜻인지 이해했는지 피식 웃었지만 정작 질문을 한 칸 라흐만은 두 사람의 반응에 고개를 갸웃거렸다.

"흠, 이쯤이면 되겠지."

숲을 통과하고 찾은 공터를 살피면서 무열이 낮게 말했다.

딱.

무열이 손가락을 튕겼다.

[크아아아아아아아---!!!!]

순간 붉은 화염의 소용돌이와 함께 튀어나오는 플레임 서펀트를 본 칸 라흐만은 입을 다물지 못했다.

"타시죠."

천천히 무열을 향해 머리를 조아리는 거대한 서펀트를 보며 칸 라흐만은 못 이기겠다는 듯 고개를 저으며 말했다.

"……진짜 말도 안 되는 녀석이었군. 그런데 어떻게 막을 생각이지? 그 검은 구름은 만질 수도 없을 것 같던데."

"일단 그 안으로 들어가는 게 제일 중요합니다. 당신 말대로 흑암엔 독기가 가득하니까."

"그렇지. 하지만 방법은?"

칸 라흐만은 빠른 속도로 날아가는 플레임 서펀트의 머리 위에서 눈을 제대로 뜨지 못하겠는 듯 몇 번이나 눈을 깜빡이면서 말했다.

"그래서 지금 거길 가는 겁니다."

바로, '덩굴언덕'.

'가장 먼저 필요한 것. 거기에 있는 식인수의 껍질.'

흑암은 실체가 없는 구름처럼 보여 만질 수 없을 것 같지만 사실 그렇지 않다.

'잘 찾아보면 구름 속에서 작은 핵이 돌아다닌다. 그걸 깨면 흑암의 연기는 더 이상 모이지 않고 흩어지지.'

공략은 단순하다. 아마 열 개의 재해 중에서 가장 쉬울지도 모른다.

'하지만 절대로 만만하게 볼 수 있는 게 아니지. 재해라는 이름이 괜히 붙은 게 아니니까.'

흑암 안에 핵이 있다는 것을 찾기까지도 몇 번이나 같은 재해를 겪었는지 모른다. 정말 우연히 흑암이 덩굴언덕 위를 지날 때 그 안에 있던 사람들이 살아 있었던 것을 본 칸 라흐만이 이 덩굴과 흑암 간의 상성을 발견해 냈다.

'뭐…… 살아 있었다기보단 시체가 타지 않았다라고 해야 하나.'

죽어가던 사람들이었으니까.

무열은 입맛이 씁쓸해지는 것 같았다.

덩굴언덕에 존재하는 식인수(食人樹).

난이도는 D급으로 분류되어 만만하게 봤다간 몰살당하기 쉬웠다. 특성상 거의 B급으로 봐도 무방할 정도였다. 식인수의 개체는 하나가 아니기 때문이다.

덩굴언덕이라는 명칭 그대로 언덕에 서식하는 식인수들이 무리를 형성하고 있었다.

'하나를 잘못 건드리면 언덕의 식인수들이 일제히 공격을 한다.'

그렇게 되면 바로 몰살이었다.

수차례의 희생 끝에 식인수를 잡는 방법을 찾을 수 있었다.

'식인수의 뿌리 중에서 딱 하나 움직이지 않는 게 있다. 그곳이 급소다. 다 죽일 필요도 없어. 식인수의 껍질만 벗겨내면 되니까.'

물론 그 뿌리를 찾는 것도 쉬운 일은 아니다.

하지만 주의만 한다면 식인수의 공격을 받지 않고도 처리할 수 있기 때문에 시간이 흘러서는 저랭크 병사들의 주 업무가 되었다.

그리고 그건 무열 역시 마찬가지. 수십 번도 더 넘게 해본 작업이기 때문에 그는 자신 있었다.

'흑암 안으로 들어간다고 해서 끝나는 건 아니지. 그렇기 때

문에 식인수의 껍질을 얻으면 최대한 빨리 포스나인으로 가야 한다.'

포스나인은 세븐 쓰론에서 가장 거대한 강이었다.

거기서 얻을 수 있는 재료, 치어(樨魚)의 기름.

그곳은 서식하는 몬스터의 개체가 많지 않고 난이도가 높은 녀석들도 없어 거점으로 잡기에도 제법 괜찮은 장소였다.

'게다가 중요한 건 포스나인이 바다와 이어져 있다는 것이겠지.'

무열에게 있어서 덩굴언덕은 큰 문제가 되지 않았다. 오히려 치어 기름을 얻는 게 더 어려운 일이었다.

'지금쯤 포스나인엔…… 그 녀석들이 있을 텐데.'

어차피 만나게 될 족속들이었지만 최대한 세력을 키운 후에 조우하길 바랐었기 때문이다.

'웬만하면 마주치지 않으면 좋겠지만. 우리가 고작 네 명인걸 보면 녀석들이 가만히 둘 리가 없을 테니.'

제도왕(諸島王) 넬슨 하워드.

인간군 4강에는 들지 않았지만 세븐 쓰론의 해역을 지배했던 패자였다.

'사실상 4강 말고도 강한 사람은 많다. 단지 그 4강 안에 흡수돼서 그렇지, 충분히 권좌를 노려볼 수 있는 자들.'

원래대로라면 넬슨 하워드는 나중에 이강호의 산하로 들어

가게 된다. 하지만 이제 이강호는 존재하지 않는다. SS랭커까지 올랐던 그 역시 권좌를 노릴 수 있는 상황이 되었다는 말이다.

대단한 실력도 실력이지만 가장 문제는 바로 그의 잔인한 성격이었다. 좋게 본다면 조태웅과는 또 다른 호탕함이라고 할 수 있겠지만.

'그는 정도가 너무 심했다.'

결국 이강호의 산하에 들어가서도 그 성격을 버리지 못했다. 자랑하듯 자신의 뱃머리에 항상 선수상처럼 백 개의 목을 달고 다니면서 그걸 본 적들이 겁을 먹는 걸 즐겼다.

'백경(百頸).'

사람들은 그걸 이렇게 불렀다.

바다 한가운데에서 보이는 백 개의 목. 그게 나타나는 순간 사람들은 도망가기 바빴다. 어디서든 그가 나타나는 걸 알 수 있었다. 잘린 목에서 나는 코를 찌르는 썩은 내가 바다 한가운데에서까지 날 정도였으니 말이다.

'그 성격은 그대로겠지.'

포스나인에 이미 터를 잡았을 그를 최대한 피할 수 있으면 좋겠지만 만약에 만나게 된다면 피할 생각은 없다.

강해도 어차피 한 번은 굴복을 했던 남자.

'일단은…… 식인수부터 생각하자.'

녹색의 덩굴이 가득 우거진 언덕이 무열의 눈에 들어왔기 때문이다.

캬아아아악―!!!

날카로운 비명이 들렸다. 몇 명의 사람이 자신들을 덮치려고 따라오는 덩굴에게 쫓기고 있었다.

그중에 선두에 선 남자가 소리쳤다.

"흩어져!!"

그 외침에 순간 뒤따라오던 세 명의 사람이 사방으로 찢어졌다.

스으으으으······.

세 명의 기척이 사라졌다. 마치 처음부터 없었던 것처럼 그들의 모습이 없어지자 쫓아오던 덩굴들이 목표를 잃고 멈칫거렸다.

'그래, 따라와라. 다 태워줄 테니까.'

1차 클래스 중 도적(Thief) 직업을 얻은 사람만이 쓸 수 있는 은신.

은신은 완전히 자신의 존재를 감출 수는 있지만 단점도 있었다. 바로, 스킬을 사용하는 중에는 움직임의 속도가 절반으로 줄어든다는 것.

잘못하면 잡아먹힐 수 있는 거대한 식인수들 한가운데서 흩어지는 척 은신을 한다는 건 보통의 강심장이 아니면 할 수 없을 것이다.

쿠드드드득---!!!

덩굴들은 자신이 노리던 목표가 사라지자 혼자 남은 남자를 쫓기 위해 모이기 시작했다.

'하나, 둘, 셋.'

그는 그 모습을 바라보며 거리를 재기 시작했다.

'이번에야말로 잡는다. 이 지긋지긋한 퀘스트를 끝내겠어.'

남자는 붉은 선이 그어진 바닥을 보며 생각했다.

'여기다.'

선의 바로 앞에 멈춘 남자는 자신을 향해 날아오는 덩굴들을 바라보며 준비했다. 자세히 보니 저 뒤에도 몇 사람이 있었다.

그가 인벤토리에서 작은 막대 하나를 꺼냈다.

치이익.

불을 붙인 뒤에 남자는 질린다는 표정으로 말했다.

"이거나 먹어라."

순간, 조금 전 사람들처럼 그의 존재가 사라졌다.

하지만 그들의 은신과는 완전히 다른 형태의 스킬.

암연(暗煙).

클랜 '갈까마귀'의 마스터인 진아륜은 유일하게 도적 계열의 유니크 클래스인 암살자(Assassin)를 얻은 사람으로, 암연은 그의 고유 스킬이었다.

은신 같은 경우는 자신을 숨길 수 있지만 이동이 느려진다는 제약이 있다. 하지만 암연은 그것과는 완전히 다르다.

5초.

비록 짧은 순간이지만 그 순간 정말로 존재 자체가 사라진다. 그 상태에선 어떠한 공격도 당하지 않고 피해도 입지 않는다. 잘만 사용하면 공방 어디에도 유용한 능력.

촤아악———!!!

조금 전 진아륜이 있었던 자리로 수십 개의 덩굴이 마치 드릴처럼 떨어졌지만 이미 그는 그곳에 없었다.

그것을 신호로 저 멀리에 있던 사람들이 뭐라고 소리쳤다.

남은 건 진아륜이 사라지면서 뒤로 던진 작은 불씨.

그게 바닥에 닿는 순간.

콰가가강!!

콰강!! 콰가가가강——!!!

그가 있던 자리에서 강렬한 굉음과 동시에 폭발이 일어났다.

진아륜은 있는 힘껏 폭발을 피해 달렸다. 후끈하게 느껴지는 열기를 보며 그는 생각했다.

'엄청난걸. 좋아, 이것까지 실패하면 이젠 진짜 때려치우 겠어.'

"됐다!!"

"모두 준비해!!"

검은 연기와 함께 타는 냄새가 사방에 진동했다. 뒤에 있던 사람들이 일제히 활을 들었다.

콰드득.

팽팽하게 당겨진 활시위가 파르르 떨림과 동시에 불을 지 핀 화살들이 상공을 뚫고 쏟아졌다. 각각의 화살 끝엔 작은 주 머니가 매달려 있었다.

쾅!! 쾅!! 쾅-!!!

절대로 단순한 화살의 위력이 아니었다.

아직 열기가 사그라지지 않은 바닥에 화살이 꽂히는 순간, 마치 폭약이라도 터지는 것처럼 폭발이 일어났다.

'있는 마석을 다 긁어모아 공방(工房)에서 비싼 값을 치르고 가져온 녀석이다. 이것도 안 되면 이제 진짜 답이 없어.'

지긋지긋했다. 우연히 받은 퀘스트 하나를 클리어하기 위 해서 클랜원 전원을 데리고 왔다. 그렇게 이곳에서 보낸 시간 이 무려 한 달. 하지만 공략은 여전히 제자리걸음이었다.

"무리야. 그렇게 해선 식인수를 절대로 잡을 수 없다. 지금까지 살아 있는 게 용하군."

그때였다. 갑자기 들려오는 목소리에 진아륜은 황급히 고개를 돌렸다.

"누구냐!!"

그가 단검을 뽑아 들었다.

급박한 상황 속에서도 오히려 목소리는 나지막하게 그의 귀를 울렸다.

"그보단 앞을 조심해야 할 것 같은데."

"……!!"

진아륜은 입술을 깨물며 욕지거리를 내뱉었다.

"젠장!!!!"

엄청난 화력을 쏟아부었음에도 상처 하나 없이 깨끗한 덩굴들은 오히려 더 화가 난 듯 자신을 향해 쏟아지고 있었다.

"작전 실패다!! 모두 후퇴해!!"

악에 받친 목소리로 소리치는 그를 바라보는 사람은 다름 아닌 무열.

'흠, 언덕 아래가 요동치기에 내려와 봤더니……. 이 시기에 덩굴언덕을 공략하는 사람들이 있을 줄은 생각지 못한 일인데. 다른 사람들을 서펀트 위에 두고 온 게 다행이었군.'

그의 외침에 일사불란하게 움직이는 사람들은 제각각 입은 옷도 다르고 사용하는 무기도 다르지만 공통적인 것이 하나 있었다.

왼쪽 어깨에 그려 넣은 까마귀 문양.

무열은 그 문양을 보고 단번에 그가 누구인지 알 수 있었다.

'대만 출신의 SS랭커, 진아륜.'

어째신임에도 불구하고 그의 이름을 모르는 사람은 아무도 없었다.

게다가 그와 함께 항상 따라붙는 또 다른 이름, 바이칼 가르나드.

'보아하니 아직은 그를 만나기 전인 것 같군.'

진아륜의 명성이 대륙에 알려지게 되는 시점은 그가 바이칼을 만나고 난 뒤부터였다.

'그 이전의 갈까마귀는 딱히 눈에 띄지 않는 적당한 수준의 클랜 중 하나에 불과했으니까. 특이한 점이라면 암살 클랜이라는 것 정도.'

하지만 진아륜이 바이칼이라는 사내를 영입하면서부터 그의 삶은 완전히 달라진다.

갈까마귀는 3년 뒤, 대륙에서 가장 큰 정보 단체인 이클립스(Eclipse)의 전신(前身)이 되기 때문이다.

"이봐!! 뭐 하는 거야!! 죽기 싫으면 도망쳐!!"

진아륜은 처음 보는 무열을 향해서 소리쳤다. 정체도 알 수 없는 자에 대한 호의. 그게 암살자라는 유니크 클래스를 얻었음에도 불구하고 그가 크게 이름을 알리지 못한 가장 큰 이유 이기도 했다.

살인과는 맞지 않는 성격.

'뭐, 그 덕분에 오히려 나중에 정보 단체로 성장하는 데 도움이 된 것은 있지만…….'

무열은 그 모습을 보며 피식 웃었다.

'어째서 그가 여기에 있는지는 모르겠지만 아마도 이번 도전은 실패로 끝났나 보군. 덩굴언덕이 공략되는 건 한참 뒤니까. 이 시점에서 그가 공략에 성공했다면 훨씬 더 빨리 그의 이름이 알려졌겠지.'

덩굴들 앞에서 분주한 진아륜과 달리 무열은 식인수의 앞에서도 여유로운 모습이었다.

'갈까마귀는 도적 클래스의 사람들로 구성된 클랜이다.'

그들만큼 잠행의 대가 없을 것이다.

순간, 무열이 눈빛을 빛냈다.

'잘하면 저들을 이용해서 포스나인의 일을 쉽게 해결할 수 있을지도 모르겠는데. 게다가 진아륜이 바이칼과 만나지 않은 시점이라면…….'

언젠가 한 번쯤은 그 둘을 만나야겠다는 생각은 하고 있었다. 정보의 힘. 그 중요도는 이곳에서도 똑같이 적용되는 되니까.

'이클립스를 내 것으로 만들 수도 있다.'

무열의 입꼬리가 살며시 올라갔다.

그 순간.

촤아아악———!!

무열을 지나치던 덩굴들이 이제 그를 노리기 시작했다. 자신을 향해 쇄도하는 덩굴들을 바라보며 그가 진아륜을 향해 말했다.

"무슨 이유에서 엔트라를 잡으려고 하는지 잘 모르겠지만……."

꽈득.

"어때? 내가 녀석을 잡게 도와줄 수 있는데."

"……!!!"

진아륜은 그렇게도 죽이려고 해도 생채기 하나 내지 못하던 식인수가 무열의 발아래에서 맥을 못 추고 꿈틀대는 모습을 보며 넋이 나간 표정을 지었다.

"……당신, 뭘 어떻게 한 거지?"

갖은 수를 다 써도 방법을 찾지 못했다. 이제는 포기해야겠다고 생각했던 찰나에 나타난 무열의 제안은 그로서는 거부할 수 없을 정도로 달콤한 유혹이었다.

무열은 떨리는 진아륜의 얼굴을 바라보며 이미 반쯤 그가 넘어왔다는 걸 알 수 있었다.

'식인수가 식물이라고 불로 공격하는 건 정말 바보 같은 짓이지. 이 녀석들은 불에 대한 내성이 강하다. 불은 오히려 더 화를 돋울 뿐.'

덩굴의 미세한 틈 사이에 박힌 뇌전에서 진아륜이 눈치채지 못할 정도의 약한 전류가 계속해서 뿜어져 나오고 있었다.

무열은 당장에라도 덮칠 것 같은 덩굴 사이에서 태연하게 그를 향해 말했다.

"나와 거래를 하지 않겠나?"

진아륜은 무열의 말에 인상을 찡그렸다.

24장
푸른 사자

"그게 무슨 말이지? 거래?"

"말 그대로 거래. 당신을 내가 도와줄 수 있을 것 같아서."

식인수의 덩굴에서 빠져나온 뒤 언덕 아래에 위치한 임시 거점에 도착하고 나서야 진아륜은 무열에 대해서 찬찬히 살필 여력을 가질 수 있었다.

'조금 전에 덩굴을 막는 것도 그렇고……. 뭔가 알긴 아는 것 같은데. 우리가 오기 전에 여길 왔던 녀석인가?'

자신들보다 이곳을 먼저 발견한 사람이 없다고 단정할 순 없지만 이곳에서 최소한 생존을 하려면 1차 전직을 하고 난 D랭커여야 할 것이다.

'강무열이라……. 딱히 이름을 들어본 적은 없는 것 같은데.'

그가 첨탑에서 전직을 했다면 충분히 이름을 남길 수 있을 만큼의 강자였지만 안타깝게도 그는 칸 라흐만처럼 랭크 업 던전이 아닌 토착인에게서 전직을 한 케이스였다. 그의 클랜 원들 역시 마찬가지. 나중에는 최대의 정보 조직이 될 이클 립스의 단장이지만 아직은 소규모 클랜의 마스터일 뿐인 그 였다.

"식인수를 잡으려고 하는 걸 봐서는 아무런 이유 없이 그러 는 건 아닐 테고. 아마도 퀘스트겠지. 어때, 서로 돕는 게 나 을 것 같은데."

무열의 정체를 알지 못하는 진아륜으로서는 아무렇지 않게 말하는 그의 모습이 믿을 수 없었다.

"너무 자신만만하게 말하는 것 같은데, 그렇게 쉬운 일이면 우리가 여태 이 개고생을 안 했겠지."

식인수를 잡기 위해서 도대체 몇 번이나 도전을 했던가.

처음에는 멋모르고 덤볐다가 클랜원 열 명을 잃었다. 그들 의 죽음 때문에 진아륜은 혼자서 도전을 하기도 했다. 결과는 당연히 실패. 아니, 오히려 그땐 자신이 죽을 뻔했다.

그러기를 몇 번 더.

클랜의 서브 마스터이자 자신의 연인인 천륜미가 그동안 클랜을 꾸리지 않았더라면 그는 지금 이 자리에 없을지도 몰 랐다.

"내가 한 달 동안 이곳에서 식인수를 잡기 위해 도전한 횟

수만 열 번이 넘는다. 그런데 잡기는커녕 상처 하나 내는 법도 못 찾고 있다."

이제는 포기하려고 했다. 이 지랄 맞은 퀘스트 때문에 더 이상 사람들을 희생시킬 수 없었다. 차라리 사냥을 했다면 마석이라도 더 모을 수 있었을 터다.

지금도 다른 사람들은 강해지고 있을 것이다. 점차 벌어지는 격차를 보며 퀘스트를 포기를 하는 것도 한 방법이라 진아륜은 생각했었다. 하지만 그러면서도 조금만 더, 조금만 더 하는 욕심에 지금까지 붙들고 있었다. 머리로는 이해하면서도 포기가 되지 않았다.

"그렇겠지."

"……뭐?"

"방법이 잘못됐으니까."

머리를 굴리고 굴려서 겨우 찾아낸 방법들이었다. 그런 자신의 수고를 단번에 결정짓는 무열의 태도에 진아륜은 인상을 구겼다.

"그러는 넌 방법을 알고 있다?"

포기하려고 하는 순간에 자신에게 내민 손. 진아륜은 저걸 다시 붙잡는 것도 어쩌면 자신의 욕심일지 모른다는 생각이 들었다.

"우리에게 식인수는 별문제가 되지 않는다. 단지 너를 도와주는 조건으로 우리 쪽에서 귀찮은 일을 너희가 대신 해줬으면 해."

"우리가 만일 우리 일만 끝내고 사라진다면?"

"그땐 그때 가서 생각해야지."

무열은 거점 안에 서 있는 클랜원들을 한 번씩 쓱 훑어보면서 말했다.

"정말로 뛴다면 끝까지 뒤져서라도 찾아 죽이든가."

"……뭐?"

"이 새끼가……!"

"농담. 하지만 너희가 진짜 거래를 불이행했을 땐 생각을 해봐야겠지."

도발적인 그의 말에 클랜원들이 당장에라도 달려들듯 노려봤다.

"진짜 성공할 수 있나."

"……마스터."

그의 옆을 지켜보던 천륜미가 불안한 듯 말했다. 여기서 또 실패하면 이제는 따르던 클랜원들의 신뢰까지 흔들릴 수 있기 때문이었다.

"성공한다. 다시 말하지만 여긴 우리에겐 그냥 통과하는 장소에 불과하니까. 그 이후에 난 네가 필요하고, 넌 지금 내가 필요한 것뿐이다."

무열은 지금까지 만났던 상대들과는 달리 진아륜에게는 고자세를 유지했다. 자칫 잘못하면 오히려 역효과가 날 수도 있는 상황이었지만 사람의 성향에 따라선 이 모습이 더 확신을 줄 수 있었다.

'진아륜의 성격.'

사람이 좋다는 건 때때로 우유부단함을 만든다. 더욱이 암살자로서나 마스터로서는 절대로 좋은 게 아니다.

'클랜원들 때문에 퀘스트를 포기한다. 그럴 수도 있겠지만 그래서는 절대로 강해지지 못한다.'

이클립스를 설립할 때도 책사인 바이칼이 아니었으면 그렇게 성장할 수 없었을 테니까.

'지금 그의 마음을 잡아놓는 게 중요하다. 어차피 갈까마귀들과는 계속해서 함께할 수 있진 않으니까. 나중에 다시 조우할 때를 대비해서라도.'

무열의 태도에 이미 진아륜은 고민하고 있는 모습이 역력했다.

"싫다면 관두고. 애초에 이곳에 사람이 있을 거라곤 생각하지 않았으니까. 굳이 없어도 조금 귀찮을 뿐 문제없다. 딱히 손해 보는 제안도 아니었고."

잠시 뜸을 들이는 모습에 무열은 대답을 기다리지 않고 막사를 나서려고 했다.

"자, 잠깐!!"

그 순간 진아륜이 황급히 그를 불렀다.

"한 가지만 묻자. 너는 왜 식인수를 잡으려는 거지? 혹시 너도 퀘스트를 받은 거냐."

"아니."

진아륜은 적어도 이것만큼은 확실히 하고 싶었다. 무열이 식인수를 잡는 목적이 자신과 겹치는 것이 아닌가 하는 걱정. 하지만 이미 그런 그의 생각을 알고 있다는 듯 무열이 입꼬리를 올렸다.

"그냥."

"……뭐?"

"사람 몇 명 좀 살릴까 싶어서."

뜬금없는 말에 그 안에 있던 사람들은 황당한 표정으로 무열을 바라봤다.

"거기엔 너희들도 포함되어 있고."

"무슨 말 같지도 않은……."

"그러니까 너도 우리를 좀 돕는 게 어때?"

'……우리?'

그때였다.

"마, 마스터!!!"

다급하게 막사 안으로 들어오는 클랜원이 믿을 수 없다는 표정으로 소리쳤다.

"무슨 일이야?"

"그, 그게……."

무열은 부하의 얼굴에서 느껴지는 당혹감의 이유를 잘 알고 있었다.

"걱정 마라. 일행이니까."

[크르르르르르……]

불타는 화염을 내뿜는 서펀트가 공중을 몇 번 선회하더니 막사의 앞으로 떨어지듯 내려왔다.

"주군."

클랜원들은 하늘을 날고 있는 서펀트 위에 사람이 타고 있는 것을 보면서 입을 다물지 못했다.

"말도 안 돼……. 저걸 테이밍한 건가?"

"어떻게?"

"아직 말 같은 것도 찾지 못해서 제대로 된 탈것을 가진 사람은 없잖아."

"하지만 타고 있잖아."

갈까마귀의 클랜원들은 도적 특유의 민첩 스킬로 남들보다 1.5배 가까운 속도로 질주할 수 있는 능력이 있다. 그 덕분에 현존하는 클랜 중에서도 가장 기동성이 뛰어나다고 스스로 자부하고 있었다.

하지만…….

"저건 완전 반칙인데."

아무리 열심히 달려봐야 날아다니는 사람을 이길 수 있겠는가.

무열은 서펀트에서 세 사람이 모두 내리자 손가락을 튕겨 서펀트를 인벤토리 안으로 집어넣었다.

"이쪽은 내 동료들이다."

진아륜은 전혀 어울리지 않는 세 사람의 조합에 못 미더운 눈빛으로 그들을 훑다가 한 사람에게서 시선이 멈추었다.

"……!!"

"음?"

의도치 않은 반응에 무열이 그를 바라봤다.

"너희들, 설마 푸른 사자냐?"

"뭐?"

진아륜의 시선이 멈춘 곳. 바로, 칸 라흐만이었다.

진아륜은 그와 무열을 번갈아 가며 바라봤다.

차앙———!!!

그와 동시에 클랜원들이 일제히 검을 뽑았다.

갑작스러운 그들의 변화에 오르도 창이 리앙제를 보호하며 무열의 옆에 붙었다.

칸 라흐만은 푸른 사자라는 단어를 듣자마자 낮은 한숨을 내쉬었다.

"무기를 거두게. 우린 아니니까."

"웃기지 마."

무열은 진아륜을 바라보며 고개를 저었다.

"그래, 우린 식인수의 껍질이 필요해서 왔을 뿐이다. 푸른 사자가 뭔지는 모르겠지만."

"모르겠다고? 바로 앞에 푸른 사자 단원을 두고? 눈이 어떻게 된 거 아냐? 내가 녀석들하고 저 사람이 있는 걸 봤다. 빌어먹을 놈들. 냄새를 맡고 여기까지 쫓아온 거군."

"……음?"

무열이 칸 라흐만을 바라봤다.

당장에라도 격돌할 것 같은 팽팽한 긴장감. 하지만 여기서 서로 힘을 빼봐야 아무런 이득도 없다.

'처음에 칸 라흐만을 만났을 때도 그 이름이 나왔었지.'

하지만 딱히 기억에 있는 이름이 아니었다. 그렇기 때문에 대수롭지 않게 생각을 했지만 진아륜의 반응을 봐서는 그게 아닌 듯싶다.

"칸 라흐만, 설명이 필요할 것 같은데."

"흐음……."

그는 살짝 헛기침을 하며 입을 열었다.

"푸른 사자는 북부에서도 북동부 쪽에서 활동하기 시작한 단체네. 그곳에 리더가 특이한 능력을 가지고 있다고 해서 유명세를 타기 시작했지."

"그게 뭡니까?"

"소문으론 찾는 사람이 어디에 있는지, 퀘스트가 어디에 있는지 말하지 않아도 단번에 안다더군."

무열은 칸 라흐만의 말에 인상을 찡그렸다.

'초능력······?'

아니, 뭔가 이상했다.

"그 리더가 누굽니까."

그의 물음에 칸 라흐만이 조심스럽게 입을 열었다.

"라엘 스탈렌이란 여자라네."

"······!!!"

순간, 무열이 자신도 모르게 입술을 꽉 깨물었다.

'푸른 사자······. 그 녀석들이었군.'

10년도 더 지난 뒤의 미래의 일들을 기억하고 있는 무열로서는 놓칠 수밖에 없는 일이었다. 푸른 사자는 그가 알지 못하는 이름이었으니까.

"라엘 스탈렌······."

하지만 그 이름을 듣는 순간 모든 게 정리되었다. 너무나도 유명한 이름이었다.

푸른 사자.

확실히 시간이 흘러 미래엔 사라진 이름이다. 하지만 그들의 존재가 사라진 것은 아니었다.

갈까마귀가 이클립스의 전신이었던 것처럼 청기사라고 불리던 라엘 스탈렌이 만든 단체.

'블루 로어(Blue Roar).'

그들은 단순히 클랜도 아니고 권좌를 노리는 연합도 아니었다. 완전히 다른 독자적인 노선을 개척한 사람들. 세븐 쓰론에 징집된 인류의 모두가 권좌를 노리는 것이 아닌 것처럼 인류 중엔 오히려 자신들을 이곳으로 보낸 락슈무를 섬기는 이들이 있었다.

광신도(狂信徒).

보통의 사람들의 눈엔 그들이 그렇게 보였지만 정작 그들은 세븐 쓰론이야말로 자신들이 신의 축복을 받아 새 땅에 도달한 것이라 믿었다.

"그들은 오직 신을 위해서 움직이네. 자신들이 생각하는 기준에서 신의 뜻에 위배되는 사람들을 처단하는 것이 오히려 구원의 길이라고 믿지."

"미친놈들."

진아륜이 칸 라흐만의 말을 들으면서 욕지거리를 내뱉었다.

"그래, 정말 미친놈들이지."

무열은 그 말에 동의했다. 놈들 때문에 죽어간 사람의 수는 셀 수도 없었으니까. 인간들끼리 단합이 되도 어려운 판에 오히려 그 인간이 인간을 적으로 돌렸으니 말이다.

"칸 라흐만은 푸른 사자가 아니다. 그건 내가 보장하지."

"나는 정보를 얻기 위해서였네. 푸른 사자의 리더는 특이한 능력을 가지고 있다고 해서 말이야."

초능력이 아니다. 하지만 그보다 더 상위의 능력.

'신탁(神託).'

무열도 잘 아는 능력이다.

락슈무를 섬기는 청기사단의 직업 퀘스트에서 얻을 수 있는 유니크 클래스.

라엘 스탈렌이 그 능력을 받아 푸른 사자를 만들었고, 그 뒤에 대륙에 존재하는 나머지 4개의 교단까지 통합하여 블루 로어를 만든 것이다.

'그때 이름을 바꿨던 것이로군. 어쩐지…….'

"나는 그 소문에 딸을 찾기 위한 정보를 수집하려고 들어간 것뿐이었다. 현재 북부에서 가장 큰 단체니까. 하지만 막상 들어가 보니 그들에게서 건질 수 있는 건 아무것도 없을 것 같아 나와 버렸지. 아니, 솔직히 내가 미칠지도 모른다는 생각이 들었거든."

칸 라흐만은 지금도 그들의 광적인 모습이 생생한 듯 고개를 저었다.

하지만 그 순간, 진아륜의 얼굴이 굳어졌다.

"아직도 그 미친 짓들을 하고 있나, 그놈들은."

그의 물음에 칸 라흐만은 고개를 끄덕였다.

'제물……'

묻지 않아도 무열은 그들이 하는 짓거리가 무엇인지 잘 알았다.

"너희도 그 녀석들과 뭔가 원한이 있는가?"

"대답해 줄 필요는 없는 것 같은데. 하지만 놈들이 너희들 때문에 이곳에 온다면 가만두지 않겠다. 푸른 사자 놈들과 너희를 모두."

진아륜은 마치 철천지원수를 보는 것처럼 푸른 사자의 이름이 나온 순간부터 변했다. 사람 좋아 보이는 유연한 성격인 그가 이 정도이니 확실히 뭔가 사연이 있는 것 같았다.

"걱정 마라."

"뭐?"

"진짜 그놈들이 이곳에 나타나면 네가 나설 것 없이 내가 먼저 놈들을 죽여 버릴 테니까."

굳은 얼굴의 진아륜만큼 무열의 얼굴 역시 차가워져 있었다.

시종일관 평정을 유지하던 그의 변화에 오히려 진아륜이

이번엔 놀란 듯 그를 바라봤다.

"……너야말로 뭔가 있군?"

진아륜만큼. 아니, 그 이상으로.

"시간이 없을 것 같군."

하지만 무열 역시 대답하지 않았다. 대신 몸을 돌리며 말했다.

"따라와라. 식인수를 잡는다."

"흑암(黑暗)?"

"그래, 검은 구름이다. 트라멜을 향하는 시간 안에 많은 마을을 잡아먹을 거다."

"그게 자연적으로 사라질 수도 있다면서? 마을 몇 개를 먹다가 저절로 없어질 수도 있는 거잖아."

"그렇지."

진아륜은 무열의 말에 살짝 인상을 찡그렸다.

"하지만 이번엔 아냐."

너무도 확신을 하는 모습에 의문이 들었지만 되묻긴 힘든 분위기였다.

'역시 이상한 녀석이야.'

그런데 그런 녀석을 세 명이 따르고 있다. 게다가 한 명은 낚시꾼이라고 했다.

칸 라흐만. 이름은 들어본 적 없지만 진아륜은 낚시꾼에 대해서는 잘 알았다.

'낚시꾼이 가는 길은 적어도 죽는 길은 아니다.'

북부 일대에서 들리는 소문 중 하나.

하지만 정작 낚시꾼이라는 직업을 가진 사람이 누구인지 모르니 그게 그저 뜬소문인지 아니면 진짜인지 확인할 길이 없었다.

'그냥 봐서는 길가에 흔한 아저씨처럼 보이는데.'

뭐, 사실상 갈까마귀라는 클랜을 이끄는 자신 역시 그 전엔 그저 평범한 회사원이었지 않은가.

유니크 클래스.

확실히 특이하고 희귀한 직업이지만 그걸 얻는 사람 모두가 특별하다고 할 수 없다. 실력이 좋은 사람들도 분명 있겠지만 때로는 운이 좋아서 혹은 기연이 닿아서 얻을 수도 있다.

현실에선 평범했을지라도 이 세계에선 특별할 수 있으니까.

'과연…… 저자는 어느 쪽일지.'

실력이 좋은 녀석인지 아니면 단지 운이 좋은 녀석일 뿐인 것인지.

진아륜은 자신의 눈으로 확인을 하려고 했다.

"그래서 방법은? '그 계획'은 알겠는데 정작 식인수를 잡는 법을 얘기해 주지 않았잖아."

식인수가 있는 덩굴을 향해 날아가던 중 진아륜이 무열에게 물었다.

사실상 플레임 서펀트의 머리 위에 올라타 있는 것만으로도 놀랄 일이라 속으로 감탄을 하고 있는 터였으나 그는 아무렇지 않은 척 최대한 당당하게 말했다.

"사실 우리가 필요한 건 식인수의 껍질뿐이다. 딱히 식인수를 잡을 필요 없지. 하지만 넌 식인수의 수액이 필요하다고 했지?"

"그렇다."

"식인수의 수액을 얻으려면 식인수를 잡아야 한다. 사실 우리 쪽에서 손해 보는 일이란 건 인정해야겠지. 안 그래?"

"……뭐야, 무슨 말을 하고 싶은 거냐."

"끝나고 나면 확실하게 시킨 일을 하라는 거다. 빚을 졌다고 생각하고 말이야."

"미친."

진아륜은 그렇게 말했지만 사실상 갈까마귀의 모든 인원을 총동원하더라도 식인수를 잡는 방법을 알아내지 못한 상황에서 행여나 무열의 마음이 바뀔까 봐 조마조마해하고 있었다.

'포스나인에서 치어를 잡아오라고? 처음엔 잘못 들은 줄 알았지. 그 정돈 나 혼자서 해도 식은 죽 먹기다. 오히려 그런 거래라면 이쪽에서 고맙지.'

바다로 이어지는 커다란 강인 포스나인은 진아륜도 가 본 곳이었다.

그곳에 거점을 잡은 몇몇의 사람이 걸리긴 했지만 자신의 암연이라면 들키지 않고 치어를 잡는 것이 문제가 되지 않았다.

'도대체 물고기 기름은 뭐에 쓰려고 하는 거지?'

송사리처럼 작은 물고기는 포스나인에서 그냥 두 손을 모아서 물을 떠도 몇 마리가 잡힐 정도로 흔했다.

"치어 200마리. 그게 내가 널 도와주는 조건이다."

"그게 끝이냐?"

"그래."

"……그걸 어디다가 쓰려고?"

"말했잖아."

진아륜은 아무리 생각해도 식인수의 껍질과 치어 기름을 가지고 사람을 살린다는 게 도무지 이해가 가지 않았다.

'뭐……. 이 세계에 이상한 놈이 한둘인가.'

푸른 사자만 해도 그렇다.

이런 세계로 인류를 징집한 주신 락슈무를 오히려 섬기고 있으니 말이다.

"계획은 간단하다."

잠시 생각을 하던 그가 무열을 향해 고개를 돌렸다.

"일단 널 위해서 식인수를 먼저 잡는다. 식인수의 약점은 뿌리다. 스물다섯 개의 뿌리 중의 하나. 녀석의 움직임을 멈추게 할 수 있는 게 있다."

"그런……."

진아륜은 거침없이 대답하는 무열의 모습에 기가 찼다. 전혀 생각지도 못했던 정보였으니까.

"도대체 뭐 하던 녀석이지? 너."

이렇게까지 자세히 덩굴언덕에 대해서 잘 아는 사람은 없었다.

"그냥, 너보다 전에 이곳에 와봤었기 때문에 아는 것뿐이다."

"……그러니까 언제?"

"예전에."

아무렇지 않은 척하는 무열의 대답에 진아륜은 고개를 저었다.

"네가 미끼가 되라. 그리고 내가 그 스물다섯 개의 뿌리 중 약점을 찔러 녀석의 움직임을 멈춘다. 그리고 잡는 거다."

"그 약점인 뿌리는 뭐 다르게 생겼나?"

"아니."

"그럼 못 찾을 수도 있다는 거네."

진아륜은 인상을 구겼다.

미끼가 되는 건 자신이었다. 스물다섯 개 중의 약점 뿌리를 찾는 게 정말 하나하나 찔러봐야 아는 거라면…….

죽기 싫으면 진짜 죽을힘을 다해 도망쳐야 할 거다.

'젠장…….'

한숨을 내쉬는 진아륜의 마음을 아는지 모르는지 무열은 피식 웃으며 말했다.

"언덕에 도착했다."

무열의 계획에서 틀린 건 없었다. 약점 뿌리는 다른 뿌리와 외관상으론 차이가 없으니까.

하지만 공식이 있다. 직업은 수월할 것이다. 오히려 걸리는 것이 있다면…….

푸른 사자.

'관건은 라엘 스탈렌이 신탁의 능력을 지금 어디까지 쓸 수 있는가 하는 거겠지.'

신탁의 세 가지 능력.

첫 번째, 갈래 환상.

찾고자 하는 상대가 어디에 있는지 알 수 있는 능력.

하지만 이 능력엔 조건이 붙는다. 자신이 찾고자 하는 사람이 아닌 '락슈무'가 허락한 자만을 찾을 수 있다.

두 번째, 영혼 샘.

제단에 존재하는 샘에서만 사용할 수 있는 능력이지만 갈래 환상으로 찾은 대상이 있는 곳으로 이동할 수 있는 능력이다. 그렇기 때문에 라엘 스탈렌은 제단에서 거의 모든 것을 행할 수 있다.

마지막 세 번째, 뒤틀린 권능.

무열은 그걸 생각하며 자신도 모르게 입술을 깨물었다. 라엘 스탈렌이 지독한 이유는 그 세 번째 능력 때문이었다.

'불멸자라고 불렸던 네크로맨서인 염신위도 강령군주 클래스를 얻은 뒤에 자신의 몸을 언데드화(化)하면서 죽지도 살지도 않는 몸이 되었다.'

하지만 라엘은 다르다.

뒤틀린 권능.

'이거야말로 진짜 불사신이라고 불려야 할 능력이지.'

죽임을 당했을 때 신의 권능으로 다시 되살아날 수 있는 힘.

설명만 들어서는 사기적인 능력이다. 아니, 실제로도 사기적인 능력이었다. 죽어도 다시 되살아날 수 있는 힘이라니. 마치 게임에서 코인을 여러 개 넣고 하는 것처럼 라엘 스탈렌은 실패에 대한 두려움이 없었다.

애초에 출발선 자체가 다른 상황.

물론, 불공평하게 완벽해 보이는 이 능력도 만능은 아니다. 그랬다가는 인간군의 권좌를 뽑는 데 그녀 이외의 경쟁자가 생기지 않을 테니까.

아이러니하게도 죽지 않는 능력을 가진 라엘 스탈렌은 가장 죽이기 쉬운 상대이기도 했다.

'청기사로 전직하기 이전의 그녀의 전투 능력은 제로에 가깝다.'

그렇기 때문에 기회는 있다.

'이유는 모르겠지만 푸른 사자와 척을 지고 있는 진아륜, 그리고 푸른 사자에서 몰래 빠져나온 칸 라흐만.'

현재로서 타깃이 될 수 있는 가장 유력한 후보였다.

'과연……'

어느새 무열과 진아륜 두 사람을 태운 플레임 서펀트가 언덕 아래로 활공하기 시작했다.

"여기까지 몰고 오면 된다."

진아륜은 언덕 아래에 무열이 발로 선을 긋는 것을 보면서 생각했다.

'뭐야, 왠지 전의 일이 생각나는데…….'

다른 것이라면 선을 그어놓은 곳에 공방에서 만든 화폭이 있었다면 이번엔 그 자리에 무열이 있다는 것뿐이었다.

"이 선에 들어오는 순간 은신을 하면 된다. 나머지는 나에게 맡기고."

"…….."

'뭐, 뱅뱅 돌면서 약점 뿌리를 찾으라고 하는 것보단 낫군. 좋아, 어디 실력 한번 보자.'

진아룬은 고개를 끄덕였다. 그리고 바로 출발을 하려고 하는데 그의 뒤에서 무열이 말했다.

"참고로 난 한 마리만 상대한다. 약점 뿌리를 찾는 게 쉬운 일은 아니니까. 나머지는 네가 알아서 따돌려야 한다. 둘 이상이면 은신했다가 바로 풀어서 나머지를 네가 데려가야 한다."

"……둘 이상이면?"

"당연히 네 몫이지. 어디 실력을 한번 보지. 한 달 동안 여기에 있었다면서."

무열의 말에 진아룬은 고개를 저으며 한숨을 내쉬었다.

콰드드득……!!

콰가강!!!

요란한 소리가 언덕 아래에서 들렸다.

절벽 위에서 내려다보던 무열은 저 멀리 흙먼지를 일으키며 달려오는 진아륜을 바라봤다.

"제법인데."

그의 뒤를 따라오는 식인수는 세 마리. 잘못하면 연쇄적으로 언덕에 있는 모든 식인수가 움직일 수도 있는 일인데 셋뿐이라면 선전했다고 해도 과언이 아니었다.

'그동안 트라이했다는 게 거짓말은 아닌가 보군.'

"제길!! 젠장!!"

물론, 무열의 생각과 달리 잡아먹을 듯 달려오는 식인수를 뒤에 달고 뛰고 있는 진아륜의 입에서는 30분째 욕지거리가 튀어나오고 있었지만 말이다.

'슬슬 움직여 볼까.'

스물다섯 개의 뿌리 중 왼쪽에서부터 일곱 번째.

마치 주문처럼 몇 번이나 읊조렸던 말이다. 그 어떤 순간에서도 그 뿌리를 찾아 찌를 수 있도록. 훈련소에서는 모든 병사의 머릿속에 그 말을 각인시켰다.

타앗.

무열이 진아륜을 스쳐 지나가며 낮은 목소리로 말했다.

"두 마리, 잘 데리고 있어라."

"젠장!!!"

한결같은 말로 대답을 하는 진아륜은 잠시 몸을 감췄다가 타깃이 풀린 순간 나타나 두 마리의 식인수의 뿌리에 단검을 박았다.

[크에에에———!!!]

날카로운 비명과 함께 공격을 받은 식인수들이 요동치며 진아륜을 향해 덩굴을 펼쳤다. 그와 동시에 무열이 식인수들의 사이를 뚫고 가장 뒤에 있는 한 마리를 향해 뛰어올랐다.

파앗—!!

식인수의 뒤를 돌아 뿌리를 넘어간 그가 마치 익숙한 듯 검을 찔러 넣었다.

육안으로는 찾기 어려운 약점 뿌리 하나.

제각각의 뿌리가 움직이는 모습이 마치 그의 머릿속에 그려지는 것 같았다. 수십, 수백 번을 했었던 이 작업은 어떠한 기술이라기보다는 머리가 기억하는 행동의 패턴을 그대로 행했을 뿐이다.

게다가 그때보다 작업을 더 수월하게 해주는 것.

지직…… 지지직……!!

뇌전에서 뿜어져 나오는 전격의 힘이 강해지자 식인수가 몸을 부르르 떨었다.

'식인수는 화염이 통하지 않는다. 하지만 전격에는 약하지.'

약점 뿌리를 알고 있으면서 전격의 속성까지 사용할 수 있는 무열에겐 정말 손쉬운 상대였다.

'이 녀석을 잡는 방법을 알아내는 데에 엄청난 희생이 있었는데.'

단번에 식인수의 몸을 구속한 무열은 어쩐지 씁쓸한 기분이 들었다.

[이봐.]

그때였다. 쿤겐의 목소리가 들렸다.

그리고 그 순간, 무열의 표정이 굳어졌다.

'정말이잖아? 식인수의 움직임이 멈췄어.'

진아륜은 그 모습을 보면서도 믿을 수가 없었다. 설마 했는데 정말이었다. 그것도 너무나도 쉽게.

"이봐."

뇌전을 박아둔 무열이 뇌격을 품에서 뽑으면서 그에게 다가왔다.

"왜? 마무리하지 않고……?"

"위를 봐라."

"뭐?"

무열의 말에 그는 황급히 고개를 올렸다.

목숨이 왔다 갔다 하는 위급한 상황에서 갑작스러운 명령에 짜증이 났지만 고개를 든 순간 그런 생각은 완전히 사라졌다.

진아륜의 눈이 커졌다.

언덕 위에 보이는 일대의 무리. 새하얀 로브를 입고 망원경 같은 기다란 뭔가로 언덕 아래를 바라보고 있었다.

어깨에 수놓아져 있는 사자 마크.

"설마……?"

식인수의 덩굴을 아슬아슬하게 피하면서 진아륜이 소리 쳤다.

"……진짜 왔잖아."

믿을 수 없다는 듯 그가 무열을 바라봤다.

"네 말대로."

"걱정 마라. 계획대로니까. 일단 식인수부터다."

"……하지만."

"퀘스트는 끝내야지. 또 잡으러 올 순 없잖아."

"괜찮을까?"

언덕 위에 있는 수십 명의 푸른 사자를 보면서 진아륜이 말했지만 무열은 아랑곳하지 않고 식인수의 뿌리에 뇌격을 박아 넣었다.

"자기 클랜원을 믿지 못하면 어떻게 해?"

"……칫."

무열의 말은 틀리지 않았다.

진아륜은 이곳으로 오기 전, 식인수를 잡는 법보다 푸른 사자에 대한 이야기부터 꺼냈던 그를 이제야 이해할 수 있었다.

'륜미, 부탁한다. 죽지 마라.'

그리고 기다렸다는 듯 푸른 사자들의 머리 위로 갈까마귀들이 모습을 드러냈다. 대치 상태에 돌입하는 그들. 푸른 사자 녀석들이 이곳에 왔다는 사실로 이제 확실해졌다.

무열이 라엘 스탈렌이란 이름을 듣는 순간 불안한 느낌을 받았던 이유.

인간군 4강. 그들이 4강의 구도로 존재할 수 있었던 것은 그 네 명이 뛰어난 것도 있었지만 또 다른 이유가 있었다.

바로, 라엘 스탈렌이란 존재. 그녀가 락슈무의 신탁을 받아 불필요한 가시들을 제거했기 때문이다. 4강의 구도를 위해.

무열은 내색하지 않았지만 언덕 위의 사람들을 바라보며 생각했다.

'안 좋은 예감은 항상 빗나가지 않지. 이렇게 된 거 확인하겠다. 과연 신이 주시하는 자가 진아륜인지 아니면 칸 라흐만인지.'

무열은 뇌격을 뽑아 식인수의 신경에 찌르면서 생각했다.

'아니면 바로 나인지.'

25장
라엘 스탈렌

"흐음, 저자란 말이죠."

"그런 것 같습니다."

"재밌군요. 한 명을 찾으러 왔는데 볼일이 있는 자가 여기에 더 있다니 말이야. 역시 락슈무 님의 신탁은 대단해."

흰색 로브로 머리끝까지 가린 선두에 선 여자는 언덕 아래의 무열과 진아륜을 바라보면서 말했다.

라엘 스탈렌.

레몬 빛에 가까운 빛나는 머리카락과 푸른색의 눈동자가 이채로운 그녀는 두 눈에 대고 있던 손을 떼었다.

"그런데 어째서 갈까마귀 녀석과 이단자까지 함께 있는 건지 모르겠군요."

그녀는 고개를 들어 앞에 있는 일대의 사람들을 바라봤다.

왼쪽에 그려 넣은 까마귀 문양.

라엘 스탈렌은 선두에 서 있는 천륜미를 바라보며 마치 못볼 것을 본 사람처럼 인상을 구겼다.

"저년도 아직도 살아 있다니. 게다가 노망난 아저씨까지 말이야. 훗, 그사이에 자기 딸보다 더 어린 애를 양녀로 삼기라도 했나?"

그녀는 칸 라흐만의 옆에 서 있는 리앙제를 바라보며 코웃음을 쳤다.

"어떻게 할까요, 주교(主敎)."

"일단 지켜보죠. 저자가 정말로 쳐야 할 불필요한 가지라면 락슈무 님의 뜻에 따라 처단해야겠지. 하지만 아직 신탁은 내려지지 않았습니다."

라엘 스탈렌의 옆에 서 있는 거구의 남자는 자신의 키만큼 커다란 해머를 들고 있었다. 새하얀 로브를 입은 다른 사람들과 달리 그는 로브 대신 흰 망토를 두르고 은색의 갑옷을 착용하고 있었다.

"살만, 아직 당신이 나설 차례가 아니에요. 우리는 신탁이 있을 때에만 움직입니다."

"죄송합니다. 제가 주제넘었습니다."

가녀린 라엘의 앞에서 꼼짝도 못 하는 거구의 남자는 깨끗하게 민 대머리를 쓰윽 훑으며 말했다.

짙은 검은 눈썹과 두꺼운 입술. 남자의 오른쪽 뺨에 난 화상자국은 말을 할 때마다 꿈틀거렸다.

살만 알 샤르크.

아랍인인 그는 이곳에 와서 마치 새로운 생명을 얻은 기분이었다. 눈앞에 펼쳐진 모든 길이 신에 뜻대로 움직이는 것을 스스로 체험하였으니까 말이다.

'죽지 않는 성녀(聖女).'

아직 한 번이지만 그의 앞에 있는 이 작은 여성은 살만을 비롯해 모든 신도가 보고 있는 장소에서 자신의 부활을 예견했다.

그리고 그것을 그대로 이행했다. 두 눈으로 보고도 믿을 수 없는 일이었다.

라엘 스탈렌이 하는 모든 것은 옳았고 그녀의 말을 틀린 적이 없었다. 그녀가 있다는 곳엔 정말 있었고, 그녀가 없다는 곳엔 정말 없었다.

"이건 나의 힘이 아닙니다. 신탁입니다."

진정한 신의 대리자.

살만은 원래 쿠웨이트의 국영 통신 회사에서 일하던 프로그래머였다.

항상 수치와 계산만을 추구하던 그는 북부 지역을 헤매다 우연히 찾은 사자 교단의 폐허에서 만난 한 여성으로 인해 이렇게 자신의 인생이 완전히 바뀔 것이라곤 상상도 하지 못했다.

어디서 신의 힘을 얻은 것인지는 모른다.

하지만.

'그녀는 진짜다.'

믿어 의심치 않는다. 새로운 신을 맞이함에 있어서 살만에게 그 어떤 반발심도 없었다.

살만은 자신의 거대한 해머를 움켜쥐면서 언제라도 그녀의 명령이 떨어지면 움직일 자세를 취했다.

'지긋지긋한 갈까마귀 녀석들. 멀리도 왔군.'

살만은 천륜미를 바라보며 생각했다.

라엘 스탈렌이 명했던 일에 반기를 들었던 녀석들.

더러운 토착인을 토벌하는 일을 막기 위해 목숨을 걸고 심지어 그녀를 암살하려고까지 했었지 않은가.

'신의 뜻이 너희를 죽이리라.'

강인한 믿음만이 구원을 얻으리라는 생각.

살만은 충만한 그 힘에 스스로 온몸을 맡길 생각에 기쁜 표정이었다.

"진아륜."

"바빠 죽겠는데, 왜?!"

"한 마리 남았다. 내가 얻을 껍질은 모두 얻었으니 마무리해라."

"……뭐?"

죽을힘을 다해 식인수에게서 도망치던 진아륜은 자신을 부르는 무열의 목소리에 고개를 돌렸다.

"……!!!"

어느새 그를 따르던 두 마리의 해체 작업이 모두 끝나 있었다. 식인수의 뿌리가 모두 잘려 있었고 단단한 껍질은 이미 무열의 인벤토리 안으로 들어가 있었다. 두 마리의 식인수의 머리 위에서 푸른 점액이 흘러나오고 있었다.

"잘 봐라. 앞으로 지겹게 해야 할 일일지도 모르니까."

"……그게 무슨?"

무열이 진아륜이 데리고 있는 식인수의 앞으로 뛰어가기 시작했다. 커다란 덩치 뒤로 돌아간 무열이 두 자루의 검을 서로 엑스 자로 교차시켰다.

카르릉.

뇌격과 뇌전의 검날이 서로 스치면서 번쩍이는 불꽃이 일었다.

무열이 덩굴 틈 사이로 들어가서 정확히 뿌리에 검을 박아 넣었다.

[크아아아아――!!!!]

극심한 통증과 함께 몸부림치는 식인수에게 다시 나머지 검을 찔러 넣자 녀석은 몸을 부르르 떨었다. 그와 동시에 무열이 뇌전을 쥔 손을 풀면서 약점 뿌리의 정중앙에 찔러 넣은 뇌격을 두 손으로 잡았다. 검식은 필요치 않았다. 대신 물 흐르듯 쉴 틈 없이 이어지는 매끄러운 동작.

콰르르르―――!!!

자신을 보호하기 위해 덩굴들이 무열을 에워싸며 들어왔지만 뇌전에서 흐르는 전격 때문에 식인수의 동작은 이미 둔해져 있었다.

무열이 두 손으로 있는 힘껏 뇌격을 위에서 아래로 잡아당겼다.

촤아아악……!!!

마치 피처럼 붉은 액체가 잘린 뿌리의 단면에서 쏟아지기 시작했다.

피를 뒤집어쓴 것처럼 무열의 온몸이 붉게 변했다.

[크륵…… 크륵…… 크르…….]

뿌리가 잘린 식인수가 자신의 몸을 가누지 못하고 비틀거리기 시작했다.

무열은 그 순간을 놓치지 않고 진아륜에게 소리쳤다.

"지금이다."

뿌리가 잘린 식인수는 순식간에 말라 버린다. 시들기 전에 수액을 채취하지 못하면 수액이 굳어버려 쓸모가 없어진다.

진아륜은 무열의 말에 잡고 있던 단검을 뽑아 있는 힘껏 식인수의 머리에 찔러 넣었다.

푸욱.

그렇게나 단단했던 식인수의 껍질에 너무나도 쉽게 단검이 박혔다.

"아직."

하지만 그 기쁨도 잠시, 진아륜은 아직 식인수가 죽지 않았다는 것을 깨닫고 품 안에서 나머지 단검을 꺼내 녀석의 벌어진 입안으로 쑤셔 넣었다.

[크에에에에에---!!!!]

귀를 찌르는 듯한 비명이 들렸다. 하지만 진아륜은 멈추지 않고 무열이 얘기했던 대로 목구멍에 박아 넣은 단검에 힘을 주어 잡아당겼다.

촤아아악……!!!

내부의 부드러운 살갗이 찢겨 나가면서 식인수의 몸 안에서 푸른 점액이 주르륵 쏟아져 나왔다.

'여기다.'

진아륜은 잘려 나간 머리 안에 있는 수액을 움켜쥐었다. 끈적끈적한 젤리처럼 되어 있는 흰 빛깔의 수액이 그의 손에 잡혔다.

[식인수의 수액을 획득하였습니다.]

진아륜은 자신의 앞에 생성되는 메시지창을 바라보면서 회심의 미소를 지었다.

"성공이다!!"

한 달 동안 온갖 방법을 동원해도 찾을 수 없던 식인수의 사냥법을 비로소 알게 되었다.

그는 기쁨에 찬 얼굴로 무열을 바라봤다.

하지만.

"비켜."

식인수에 올라타 있던 진아륜을 향해 달려오던 무열이 갑자기 그를 뛰어 넘었다. 무슨 일인지 알 수 없던 진아륜이 황급히 고개를 돌린 순간.

타앙-!!!

쇠붙이가 부딪히는 강렬한 소리와 함께 진아륜의 얼굴을 스치고 지나가는 파편들.

"뭐, 뭐야?!"

시선을 아래로 내리자 파편의 정체를 알 수 있었다.

"……화살?"

무열이 검을 고쳐 쥐면서 말했다.

"아직 끝나지 않았다."

언덕 위에 있는 푸른 사자들을 바라보았다. 꽤 먼 거리임에도 불구하고 세 명의 궁수 중 두 명이 쏜 화살은 정확히 진아륜과 자신을 향했다.

'저 멀리에서 쏜 건가……?'

궁수 스킬 중의 하나인 '쐐기 초점'.

익히는 건 그다지 어렵지 않지만 활용하는 것이 생각보다 쉽지 않아 잘 쓰지 않는 스킬이었다. 자신의 능력보다 비거리가 1.5배 늘어나는 스킬이지만 그만큼 정확도가 떨어지기 때문이다.

'실력자다.'

스으윽…….

언덕 위에 있는 세 명 중 두 명의 궁수가 두 사람을 바라봤다. 선두에 서 있는 나머지 한 명은 아직 움직이지도 않았다. 하지만 무열은 그들 중에 움직이지 않은 한 명이 더 위협적이라는 걸 본능적으로 느꼈다.

"뭐야? 저놈. 저렇게 멀리서 쏘는데 무슨 수로 막아?"

진아륜은 한 달이나 걸린 퀘스트를 성공했다는 기쁨을 누릴 새도 없이 황급히 식인수의 사체에서 내려오며 말했다.

그는 아직 대치 상태에 있는 두 무리를 바라보며 생각했다.

'다행이다.'

천륜미가 아직 휩쓸리지 않았다는 사실이.

"라엘 스탈렌이 움직이기 시작했다."

무열은 언덕 위에 있는 그녀를 바라보며 말했다.

"타깃은 아무래도 너와 나, 둘 중 하나. 혹은 둘 다인 듯싶군."

예상했던 일이다. 아니, 차라리 잘된 일일지도 모른다. 무열 역시 진아륜과 이유는 다르지만 똑같이 생각했다. 라엘이 자신들을 선택한 것이.

"갈까마귀들은 충분히 제 몫을 했다. 퀘스트를 하는 동안 견제를 해줬으니까."

서로의 시선이 교차된 순간, 두 사람은 아무런 말 없이 자세를 잡았다.

"언덕까지 단숨에 올라간다."

"알겠다."

식인수를 아무렇지 않게 잡은 무열의 능력은 이제 인정한다. 하지만 적어도 스피드에선 지고 싶지 않았다. 진아륜은 허리를 숙이면서 전력으로 달릴 준비를 했다.

그때였다.

"신탁이 내려졌다."

언덕 끝에 서 있던 라엘 스탈렌이 두 손을 천천히 들어 올렸다. 낮은 목소리로 중얼거린 탓에 언덕 아래에선 그녀의 목소리가 들리지 않았다. 단지, 그녀의 입술이 씰룩거리는 것만이 보일 뿐.

"락슈무께서 말씀하시길. 가지를 쳐야 할 자가 정해졌다고 하십니다."

라엘은 은총을 받은 것처럼 두 눈을 감고서 말했다.

"흥미롭군요. 정말로. 제거해야 할 가시는……."

천천히 손가락을 들어 올리는 그녀.

무열과 진아륜의 시선이 그녀의 손끝을 따라 움직였다.

언덕 아래가 아니다. 가리키는 방향은 바로 정면.

"저 아이."

콰드드드드드.

라엘의 뒤에 서 있던 세 명의 남자가 일제히 활시위를 잡아당겼다. 팽팽하게 당겨지는 시위는 반달에서 점차 만월에 가까워졌다. 활대가 부서질 것처럼 부르르 떨렸다.

퉁.

있는 힘껏 잡아당겼던 활시위를 놓는 순간, 생각보다 반동의 소리는 그리 크지 않았다.

쌔애애애애앵———!!!!

하지만 날아가는 화살의 파공성은 마치 폭발이라도 일어난 것처럼 엄청났다.

"……!!!"

바람을 가르면서 튀어 나가는 세 발의 화살.

"흐읍!!!"

그 순간, 오르도 창이 앞으로 튀어나오며 자신의 쌍검을 뽑아 들었다.

"신탁은 지켜질 것이다."

마치 결과를 알고 있다는 것처럼 라엘 스탈렌은 두 눈을 감았다.

타앙-!!

타다당--!!!

두 발의 화살이 오르도 창의 검에 막혔다. 그러나 그 충격으로 오르도의 몸이 공중에서 비틀거렸다. 마치 장면이 슬로우모션처럼 느껴질 정도로 천천히 무열의 두 눈에 그 모습이 잡혔다.

갈까마귀들이 일제히 몸을 움직였다.

늦다.

검과 검 사이로 비집고 들어가는 마지막 한 발의 화살. 소리 하나 없이, 화살은 리앙제의 몸을 관통해서 지나갔다.

"……어?"

반응조차 하지 못한 채 그녀는 동그란 눈으로 그저 어깨를 움찔거릴 뿐이었다.

툭.

가녀린 그녀의 몸을 꿰뚫고 바닥에 박히고 나서도 화살의 끝은 힘을 이기지 못한 듯 파르르 떨렸다.

천륜미는 당황스러운 얼굴로 바닥에 박힌 화살을 바라봤다.

"……아."

무열이 그 자리에서 굳어버렸다.

전혀 생각지 못한 라엘의 행동.

지금, 주신 락슈무는 그의 예상을 비웃고 있을 것이다.

쓰러지는 리앙제를 급하게 부둥켜안으며 오르도 창이 떨리는 눈동자로 그를 바라보며 소리쳤다.

"주군……!!!!!"

콰아아아아아앙————!!!!!

언덕 아래에서 붉은 화염이 치솟아 올랐다.

진아륜은 무열의 전신을 휘감는 듯한 열기에 자신도 모르게 뒤로 물러설 수밖에 없었다.

"……!!!"

검을 타고 흐르는 불꽃이 잔상을 남기면서 흩어졌다. 하지만 그건 흩어진 것이 아니었다.

"라엘 스탈렌!!!!!!"

언덕을 질주하던 무열이 아래에서 절벽 끝을 밟고 뛰어오르며 그녀를 향해 검을 그었다.

화진검(火眞劍).

두 자루의 검이 머금은 불꽃은 지금껏 본 적 없는 맹렬한 위력을 내뿜고 있었다.

비연검(飛軟劍) 2식.

공중에서 몸을 비틀며 세 명의 궁수의 어깨를 돌다리를 건너듯 밟고서 뛰어 오른 무열이 검을 내리꽂았다.

콰아아앙!!!

폭발하는 것 같은 굉음이 언덕 위에서 터져 나왔다. 후드득 떨어지는 자갈들이 아래로 굴러떨어졌다.

삐득.

오르도 창과의 대결에서조차 이런 무위를 보인 적은 없었을 것이다. 하지만 비연검을 펼친 그의 얼굴은 부르르 떨리는 팔과 함께 굳어져 있었다.

"주교(主敎), 어떻게 할까요."

구릿빛 피부의 살만이 커다란 해머를 가로로 들어 올린 채로 말했다.

라엘 스탈렌을 향했던 무열의 공격은 그에 의해 막혔다. 뜨거운 화염에도 불구하고 살만은 아무렇지 않은 듯 무표정이 었다.

"우린 이제 돌아갑니다. 락슈무께서 내린 신탁은 이것으로 끝입니다."

"알겠습니다."

살만이 팔에 힘을 주자 터질 것 같은 근육이 부풀어 올랐다. 해머의 손잡이 부분을 튕기자 공중에 있던 무열의 몸이 부웅 하고 튕겨 나갔다.

지지지지직……!!!

엄청난 그의 힘에 바닥을 짚고서도 무열은 몇 미터를 주르 륵 밀려 나갔다.

"멈춰!!"

콰즈즉-!

화아아악———!!!!

뇌격과 뇌전에서 뿜어져 나오는 전격과 화염이 뒤엉켜 커 다란 소용돌이를 일으켰다. 사라지려 하는 푸른 사자들을 향 해 소리치며 그가 달리기 시작했다.

퉁!! 투퉁!!

하지만 그의 발걸음을 막는 세 발의 화살이 연달아 앞으로 떨어졌다. 화살은 멈추지 않고 계속해서 무열의 어깨, 팔, 다 리를 겨냥하고 날아들었다.

치익-!!

몇 개의 화살을 튕겨내고 몇 개는 몸으로 받으면서도 무열은 계속해서 달렸다.

"귀찮은 녀석."

그 모습을 바라보던 살만이 자세를 잡더니 허리를 튕기며 반동으로 해머를 머리 위 직각으로 들어 올렸다.

부우우웅……!!!

공기를 가르는 소리와 함께 둔탁한 파열음이 터져 나오며 해머의 커다란 앞면이 지면을 강타했다.

콰가가가가-!!!

순간 파도처럼 해머가 지면에 닿은 부분에서부터 바닥이 솟구쳐 올랐다. 파장처럼 부서진 바닥의 균열은 점차 커져 판이 솟구친 것처럼 바닥이 튀어 올랐다.

"크윽!!"

마치 거대한 석벽이 가로막는 것처럼 무열의 앞에 커다란 바위의 벽이 솟아나자 그는 황급히 몸을 돌렸다.

"그만해. 이미 늦었어."

"비켜!!"

언덕 위에 올라온 진아륜이 무열을 막으려고 했지만 이미 그의 눈엔 라엘 스탈렌밖에 보이지 않는 듯싶었다.

그러나 이미 벌어진 거리를 다시 좁힐 순 없었다.

콰앙—!!!

"……제기랄!!!"

무열은 분노에 찬 얼굴로 두 자루의 검을 바닥에 찔러 넣었다.

"리앙제!!"

"비켜!! 저리 좀 비켜보게!!"

오르도 창의 외침과 동시에 쓰러지는 리앙제의 주변에 있던 갈까마귀들은 놀란 얼굴로 그 자리에 굳은 채 서 있었다.

"할 수 있는 게 없으면 비켜!!"

칸 라흐만은 멀뚱히 서 있는 그들을 거칠게 밀치면서 안으로 비집고 들어갔다. 한 번도 호통을 친 적 없던 그였기에 사람들은 자신도 모르게 움찔거리며 뒤로 물러섰다.

"이런 아이가 무슨 죄라고……. 빌어먹을 놈들!!"

달려들어 온 그는 쓰러진 리앙제의 목을 받쳐 들며 말했다.

신의 의지를 떠받든다는 이유로 이런 악행을 아무렇지 않게, 아니, 오히려 자랑스럽게 행하는 놈들에게 한때나마 의지하려 했던 자신이 원망스러울 따름이었다.

"죽지 마라. 죽으면 안 된다."

칸 라흐만은 자신의 가슴 언저리에 주렁주렁 달고 있는 병 중 하나를 뜯어내고는 의식을 잃은 리앙제의 상처에 들이부었다.

치이이이잇……!!

새하얀 연기와 함께 타들어 가는 듯한 매캐한 냄새가 상처 부위에 닿자 그녀의 몸이 들썩거렸다.

"이봐! 거기, 너! 그쪽 팔 잡아!! 오르도, 자넨 다리를 꽉 붙잡고. 몸부림치지 못하게!"

"알겠습니다."

"네, 넵!!"

나머지 한쪽 팔을 아래로 지그시 내리누르면서 칸 라흐만은 또 다른 병을 꺼내 이번엔 그녀의 입에 액체를 털어 넣었다.

포션이라고 하기엔 특이한 검붉은 색. 마치 온갖 약초를 넣어서 달인 것 같은 기묘한 액체였다.

오직 낚시꾼만이 만들 수 있는 비약(祕藥).

꿀꺽, 꿀꺽, 꿀꺽.

의식이 없기 때문일까, 아니면 칸 라흐만의 능숙한 솜씨 때문일까. 목을 들어 올린 그녀는 생각보다 그가 붓는 액체를 잘 받아 마셨다.

들썩.

부르르르르……!!!

그 순간, 리앙제의 몸이 파르르 떨렸고 세 사람은 있는 힘껏 그녀의 몸을 눌렀다.

"컥!! 커컥……!!"

막혀 있던 숨을 토해내면서 그녀가 조금 전 삼킨 검은 액체가 뒤엉킨 검붉은 피를 뱉어냈다.

칸 라흐만은 그 모습을 보며 외쳤다.

"리앙제! 정신이 드느냐."

힘겹게 눈꺼풀을 잠시 떴지만 리앙제는 바싹 마른 입술로 간신히 씰룩거릴 뿐이었다.

"화살을 가지고 오게!!"

옆에 서 있던 천륜미가 그의 말에 황급히 바닥에 꽂혀 있는 화살을 뽑았다.

"조심히!! 촉은 절대로 만지지 말고!"

칸 라흐만의 경고에 그녀는 활대를 조심스럽게 잡아서 그에게 건넸다.

화살을 본 순간 그는 예상했다는 듯 분노가 어린 목소리로 외치며 화살을 부러뜨렸다.

"죽일 놈들! 뭐? 신탁을 행한다고? 독을 쓰는 놈들이 무슨……!"

"어떻게 되었습니까."

그때였다. 칸 라흐만은 들려오는 무열의 목소리에 고개를 들었다.

"놈들은?"

"……놓쳤습니다."

쫓아가는 것만으로도 버거웠던 진아륜은 고개를 떨구는 무열을 바라보며 거친 숨을 몰아쉬면서 말했다.

"충분히 할 만큼 했어. 어쩔 수 없는 일이야."

하지만 그 순간.

콰앙-!!

무열이 지쳐 있는 그의 멱살을 잡아당겼다.

"할 만큼 했다고? 뭐가? 뭐가 충분한 건데!"

"주군!!"

"대장!!"

그의 거친 행동에 싸늘한 분위기가 더 무거워졌다.

"……젠장!! 왜 나한테 시비야? 내가 그런 것도 아니잖아!!"

진아륜 역시 자신의 멱살을 잡은 무열의 손을 뿌리치며 소리쳤다.

화가 나는 것은 자신도 마찬가지였다. 이런 식으로 끝날 것이라고는 상상도 못 한 일이었으니 말이다.

"지금이 서로 싸울 땐가. 방법을 찾아야지."

칸 라흐만은 부러뜨린 화살을 가리키면서 말했다.

"아무래도 신도 중에 약초꾼이 있었던 모양이야. 이건 서리
뱀 풀로 만든 독이라네. 채집 스킬이 낮으면 구하기 어렵다고
알고 있는데……."

"서리뱀 풀?"

진아륜도 처음 들어보는 식물이었다. 애초에 약초 채집 스
킬이 있는 줄도 몰랐으니 당연한 일이었다.

"위험한 풀입니까?"

약초에 관련해선 문외한인 그였기에 진아륜은 칸 라흐만에
게 되물었다. 하지만 풀의 이름을 듣자마자 무열의 눈빛이 살
짝 흔들렸다.

'서리뱀 풀…….'

15년이 지난 뒤를 생각하면 서리뱀 풀은 약이 없는 극독의
풀은 아니다. 병사들에게 지급되는 상비약이 있다면 마비와
함께 정신착란을 일으키는 정도로 끝난다. 시간이 지나 연금
술사들이 나타나면서 독초로 만든 독약의 해법들도 하나둘 밝
혀졌다.

하지만 문제는 지금. 연금술은커녕 제대로 된 독초의 정보
도 알지 못하는 시점에서 서리뱀 풀의 독은 어마어마한 위력
을 가질 수밖에 없다.

"위험한 건 둘째 치고서라도…… 지금 이걸 해독할 수 있는
사람이 있을지 모르겠군."

"낚시꾼도 모르는 겁니까?"

"나라고 해도 만능은 아니라네. 그저 남들보다 조금 더 알 뿐이지. 시간이 좀 더 흐르면 모를까……."

칸 라흐만은 간신히 숨을 쉬고 있는 리앙제를 바라보며 안타까운 얼굴을 지었다.

"진아륜."

"말해."

무열의 말에 진아륜이 그를 바라봤다.

"나와 했던 약속, 지킬 수 있겠지."

"미친……. 지금 상황에서 그게 불안한 거냐. 걱정 마라. 무슨 일이 있어도 지킬 테니까."

"늦어도 안 된다."

"거참, 알겠다니……."

진아륜은 죽어가는 소녀의 앞에서 자신의 일을 걱정하는 무열의 모습이 어이가 없어 고개를 저으며 한숨을 내쉬었다.

하지만 얼굴을 들었을 때 그는 말문이 막히고 말았다. 당장에라도 폭발할 것 같은 무열의 얼굴에는 악착같이 분노를 참고 있는 모습이 느껴졌기 때문이었다.

"부탁한다."

그의 모습에 진아륜은 자신도 모르게 마른침을 꿀꺽 삼켰다.

"……그래."

이기적인 마음도 장난스러운 얼굴도 아니었다. 진아륜은 순간 자신이 강무열이란 존재에게 압도되었다는 걸 느꼈다.

"어떻게 할 셈인가?"

"트라멜로 갈 겁니다."

"트라멜……?"

"지금부터 쉬지 않고 계속 날아가면 사흘 내에 도착할 수 있을 겁니다."

무열이 쓰러져 있는 리앙제의 가슴에 붕대를 감기 시작했다.

"오르도, 넌 칸 라흐만과 함께 오도록 해."

"무슨 소리 하는 겐가. 나도 갈 걸세."

칸 라흐만이 무열의 말에 일어서며 말했다.

"낚시꾼을 무시하지 말게. 싸움은 못해도 혼자 지금까지 이곳에서 생존해 왔네."

칸 라흐만은 무열의 어깨를 잡으면서 말했다. 자신의 딸보다 더 어린아이를 죽게 내버려 둘 수 없다. 그게 지금 그의 생각이었으니까.

"저 역시 주군과 함께 가겠습니다. 저의 불찰을 용서해 주십시오."

그러나 무열은 고개를 저었다.

"마음은 고맙지만 두 사람을 더 태우면 속도가 느려진다. 최대한 빨리 트라멜로 가는 게 중요해."

"으음……."

칸 라흐만은 무열의 말을 부정할 수 없었다. 그런 그를 바라보며 무열이 말했다.

"당신을 두고 가는 게 아니라 오르도 창을 맡기는 겁니다. 낚시꾼이라면 위험한 길은 피할 수 있을 테니까."

딱.

무열이 손가락을 튕기자 플레임 서펀트가 기다렸다는 듯 그의 앞에 모습을 보였다.

"트라멜에서 만나죠."

칸 라흐만이 고개를 끄덕였다.

"알겠네. 저 친구와 함께 가지."

서펀트에 올라탄 무열의 눈빛이 번뜩였다. 슬퍼할 여유 따윈 없었다.

'지금쯤이면 트라멜을 가지기 위해 북부에 있는 내로라하는 세력들이 모여 있겠지.'

그곳은 전쟁터. 아마 세븐 쓰론에서 최초의 격전지가 될 것이다.

그는 리앙제를 안은 팔에 힘을 주었다.

'리앙제, 조금만 버텨라.'

"주군, 트라멜로 가시는 이유가 혹시 그때 얘기했던 강찬석이란 분 때문이십니까?"

오르도 창이 무열에게 조심스럽게 물었다.

"아니, 오히려 그 반대다."

"……네?"

"트라멜을 노리는 세력 중 하나를 찾아갈 거다."

지금은 이강호에 의해 통합이 이뤄지기 전. 후에 그의 권세 안으로 들어갔던 많은 강자도 아직은 저마다의 세력을 가지고 있을 때다.

이강호의 세력 안으로 흡수되고 난 뒤에도 자신의 이름을 대륙 전역에 떨친 4강 못지않은 실력자들.

창왕(槍王) 로엔, 권사(拳士) 베이 신. 각각의 권세들이 뒤엉켜 트라멜을 두고 싸우고 있을 그 전장에서 가장 강력한 사람, 휀 레이놀즈까지.

'그를 찾아가야 한다.'

알고 있다. 지금 같은 시기에 적진으로 스스로 들어가는 것이 자살행위와 다름없다는 걸.

"너무 위험합니다!!"

오르도 창은 걱정스러운 얼굴로 무열을 바라봤다.

'하지만 거기에 그 사람이 있을 것이다.'

바로, '용단화(龍斷花) 윤선미'.

이강호의 세 번째 제자가 되기 전에 그녀는 휀 레이놀즈의 권세에 있었다.

'휀 레이놀즈는 윤선미의 능력에 대해서 아마 제대로 모를 것이다.'

그녀는 이강호를 만나기 전까지 그다지 부각이 되던 사람은 아니었으니까. 용단화라는 이명(異名)도 그의 제자가 된 뒤 2차 전직 이후에 얻은 것이기에 훗날에야 그녀의 이름이 세간에 알려지게 될 것이었다.

'하지만 그녀라면 분명 리앙제를 고칠 수 있다.'

무열은 더 이상 고민하지 않았다. 살릴 수 있는 유일한 방법이라면 당연히 해야 하는 거니까.

"……륜미야."

진아륜은 플레임 서펀트를 타고 날아가는 무열의 뒷모습을 바라보며 그녀를 불렀다.

"응?"

"지금 당장 갈까마귀들을 모두 소집해. 우린 바로 포스나인으로 간다."

"에? 퀘스트 완료도 하지 않고?"

진아륜의 말에 천륜미가 살짝 놀란 얼굴로 그에게 물었다. 그가 퀘스트를 위해서 얼마나 시간을 투자하고 좌절해 왔는지 잘 알기 때문이다.

하지만 오히려 진아륜은 그녀의 말에 씁쓸한 표정을 지었다.

"넌 지금 저 녀석 얼굴을 보고도 그런 말이 나와? 날 보던 표정…… 진심이었다고, 저 자식."

그는 조금 전 무열의 얼굴을 다시 떠올리면서 자신의 클랜원들에게 말했다.

"미안하지만 한 번 더 날 위해 고생해다오."

"걱정 마십시오, 리더."

"물론입니다. 저희들의 잘못도 있는데……."

"……죄송합니다."

화살 하나를 막지 못해 벌어진 이 일에 대해서 갈까마귀들역시 할 말이 없었다.

빠득.

'이렇게 찝찝하게 빚진 느낌으론 퀘스트 완료할 수 없지.'

진아륜은 무열의 사라진 하늘을 잠시 바라보다 고개를 돌렸다.

'약속은 무슨 일이 있어도 지킨다. 그러니 트라멜에서 보자, 강무열.'

26장
만나다

"후우……."

"지긋지긋한 녀석들."

"며칠째지?"

"벌써 보름이야."

"그래도 다행이지. 처음엔 진짜 어떻게 되나 싶었는데 지금은 자기들끼리 치고받고 싸우고 있으니 말이야."

낡은 요새의 부서진 성벽 여기저기에 임시로 판으로 막아 보수를 한 곳들이 보였다.

"어이, 김씨."

"왜?"

"대장 말대로 정말 그분이 올까?"

요새의 성벽 위에서 아래를 내려다보던 김진만은 피곤한

듯 자신의 창에 기대면서 말했다.

"모르지 뭐."

"그래도 왠지 짠 하고 나타날 것 같지 않아? 그때처럼 말이야."

"괜한 기대 하지 말라고. 지금은 차라리 저 녀석들끼리 싸우다가 제풀에 지쳐서 사라지길 바라야지."

"그런가……."

보름째 이뤄지는 격전.

지칠 대로 지쳤지만 트라멜 안에 있는 사람들은 이곳을 절대로 포기할 수 없었다.

'나 같은 범인(凡人)이야 권좌가 어떻고 이런 건 모르겠지만 여기 오니 적어도 하나는 알겠어. 여길 얻는 자가 판도를 바꿀 수 있는 사람이 될 것이라는 걸.'

강찬석의 말을 따라 트라멜로 향하는 여정을 결정하기까지는 결코 평탄하지 않았다. 3거점의 사람 중 강찬석을 따르지 않은 사람도 꽤 많으니까.

김진만은 심드렁하게 얘기했지만 한편으론 동료의 말에 자신도 그를 기다리고 있다는 걸 인정하지 않을 수 없었다. 리자드맨들의 공습을 그가 나타났던 순간의 전율을 잊을 수 없으니까.

'빨리 와라……. 오래 버티지 못해.'

"강무열."

"제길!! 저 녀석들은 어디서 냄새를 맡고 온 거야? 북부에 있는 사람은 다 모인 거 아냐?"

"왼쪽이다!! 왼쪽을 막아!!"

"우리끼리 치고받아 봐야 소용없다고!"

"닥쳐! 그럼 포기하든지!"

전장(戰場).

수많은 피가 이미 대지를 물들이고 있었다.

수십에서 크게는 수백 명의 사람이 트라멜의 앞에서 서로 부딪치고 있었다.

그중에서도 눈에 띄는 권세는 필립 로엔의 창병들이었다.

그 역시 자신의 병사들과 마찬가지로 불꽃 첨탑에서 1차 전직을 하면서 창병이란 클래스를 얻었다. 다른 강자들에 비해서 아무것도 없는 일반 클래스였다.

하지만.

스아악---!!!

필립 로엔이 들고 있는 낡은 창의 창극이 날카롭게 흔들리면서 자신에게 달려드는 병사의 목을 정확히 꿰뚫었다. 그는 거기서 멈추지 않고 다시 한번 머리 위로 창을 크게 돌리며 전방을 향해 위에서 아래로 내려찍었다.

콰아아앙……!!!

그 순간, 평범해 보였던 낡은 창의 날이 일시적으로 검게 물들더니 병사들의 사지를 정확히 세로로 갈라 버렸다. 폭음과 함께 사방으로 날아가는 살점들은 필립 로엔이란 이름에 전율을 느끼게 만들기 충분했다.

"후우……."

흐트러진 머리카락을 쓸어 넘기면서 그가 참았던 숨을 토해냈다.

이십 대 초반으로 보이는 젊은 얼굴. 짙은 눈썹과 달리 매끈한 피부는 이런 전장과는 어울리지 않게 보였다.

저벅…… 저벅…….

커다란 창을 위로 세우고서 그가 적군을 향해 걸어갔다. 조금 전 그의 무용을 본 병사들은 섣불리 그에게 달려들지 못했다.

"너희들의 우두머린 누구냐."

"……."

"……."

그의 물음에도 불구하고 그들은 아무런 대답을 하지 않았다. 그 모습에 필립은 눈썹을 찡그리며 말했다.

"모두 죽여야겠군."

필립의 한마디에 전방에 서 있던 병사가 화들짝 놀라면서 소리쳤다.

"저…… 저기!!"

그의 손가락이 가리킨 곳은 필립의 뒤편.

"음?"

조금 전 그가 두 동강 내버린 남자였다.

필립 로엔은 잠시 그 시체를 바라봤다. 녀석의 이름 따윈 기억도 나지 않는다.

"와아아아아!!"

그 모습에 승리를 직감한 필립의 병사들이 일제히 창을 들어 올리며 소리쳤다.

"죽여라!"

"한 놈도 남겨두지 마라!!"

지축을 흔드는 그들 외침에 조금 전 맞붙었던 군사들의 사기는 바닥으로 떨어졌다.

자신의 무기를 내팽개치고 사방으로 흩어지는 병사들. 리더를 잃은 그들은 오합지졸에 불과했다.

"사, 살려줘!!"

"으아아악……!!"

등을 보이는 순간 끝이었다. 사정없이 창을 찌르는 병사들에게서 얼마나 잔혹해질 수 있는가를 볼 수 있었다.

"……."

필립 로엔은 고개를 들어 올렸다. 여기저기 크고 작은 전투들이 벌어지고 있었다.

'이런 식이라면 끝나지 않는다. 저자를 꺾지 않는다면.'

언덕 위에 자신을 바라보고 있는 한 남자. 북부에 있으면서 권좌를 노리는 자라면 최소한 그의 이름 한 번쯤은 모두가 들어봤을 것이다.

'휀 레이놀즈.'

필립은 창을 잡은 손에 힘을 주었다.

그때였다.

"이봐."

"……!!!"

등골이 오싹한 기분과 함께 그는 황급히 몸을 돌리며 자신도 모르게 자세를 취했다. 무릎을 굽히고 창극을 앞으로 내민 본능적인 방어 태세.

그의 앞에는 먼지를 뒤덮은 한 남자가 거기에 서 있었다. 무척이나 피곤한 듯 풀린 눈으로 자신을 바라보며 그가 마른 입술을 들썩였다.

"비켜."

"왜 그러시죠, 살만."

"아, 아무것도 아닙니다. 주교(主敎)."

덩굴언덕을 벗어나 제단을 향하는 푸른 사자 무리의 선두에 선 살만은 빠져나온 뒤부터 며칠이 지나도 한마디도 하지 않았다.

평소와는 다른 그의 모습에 라엘이 물었다.

"말씀해 보세요."

"……."

고민하던 살만은 결국 천천히 입을 열었다.

"주교, 신의 뜻을 받드는 저희야말로 가장 강하고 옳은 것 아닙니까."

"그렇죠. 그렇기 때문에 락슈무께서도 푸른 사자인 우리들에게 신탁을 내리시는 겁니다."

"그런데……."

살만은 자신의 손바닥을 펼쳤다.

불에 덴 듯한 화상. 해머를 잡고 있던 그의 투박하고 단단해 보이는 손이 엉망이 되어 있었다.

고작, 일합(一合)이었다. 자신보다도 작은 강무열의 공격을 막았을 때 살만은 내색하진 않았지만 속으로 놀라지 않을 수 없었다.

지금까지 그런 힘을 경험해 본 적이 없었다. 앞을 가로막는 적은 파괴하고 짓밟기만 했다. 하지만 그는 강무열이란 남자와 제대로 맞붙었을 땐 처음으로 위험을 느꼈다.

'내가 제단의 구마기사(驅魔騎士)가 된 이후에 이런 경험을 해 본 적이 있던가.'

최강이라고 생각했던 자신이다. 게다가 신의 은총을 입어 다른 사람들과 달리 '특수한 방법'으로 인해 랭크 업도 빨랐다.

라엘 스탈렌이 말하길 현재 자신보다 높은 등급의 랭커는 없다고 했었다.

처음 시작은 1차 클래스인 신도(信徒).

하지만 곧 그의 능력을 인정받아 그는 락슈무의 간택으로 새로운 직업을 얻었다.

2차 전직, 구마기사(驅魔騎士).

강인한 힘과 체력, 그리고 믿을 수 없을 만큼 충만한 신념으로 가득 차 한 치의 의심도 없던 그야말로 대륙 최초이자 현재 유일무이한 B랭커였다.

'나는 신의 사자(使者)다.'

그래, 그 믿음을 의심치 않는다. 다만…….

순간이었지만 자신을 밀어붙였던 무열의 공격이 그의 머릿속에서 잊히지 않았다.

"살만."

라엘이 그를 불렀다.

"네."

"락슈무께서 우리에게 무어라 일렀죠?"

"이단자를 처단할수록 너희는 강해질 것이다."

그녀는 그의 대답에 만족스러운 듯 고개를 끄덕이면서 말했다.

"100명을 죽이면 그만큼 강해지고 1,000명을 죽이면 그 열 배로 강인한 힘을 얻겠지요. 그게 살만 당신에게 내려진 신탁."

"……."

"당신은 신탁에 따라 더러운 이단자들을 죽이면 됩니다. 그럼 신께서 당신에게 더 강한 힘을 주겠지요. 그대는 이제 고작 1,800명밖에 처단하지 못하지 않았습니까."

고개를 끄덕이는 라엘 스탈렌.

"대륙은 넓고 이단자는 개미 떼처럼 셀 수 없이 많지요. 게다가 토착인과 외지인의 구분도 필요 없습니다."

온화한 그녀의 얼굴에 살만은 그제야 마음이 놓이는 것 같았다.

'그래, 아직 내가 바친 공물이 부족해서이다.'

너무나도 간단한 일. 부족하다면 더 채우면 그만이다.

'1,000명, 아니, 10,000명을 정화한다면 나는 더 강해질 것

이다.'

라엘은 살만을 향해 미소를 지었다.

"모든 건 신의 뜻에 따라."

"흐음…… 대단하군. 저자가 필립 로엔이라고?"

"네, 그렇습니다."

"마음에 들어. 가능하다면 우리 쪽에 등용시키고 싶을 정도야."

"클래스는 평범한 창병입니다만 그가 사용하는 창술이 특이합니다. 소문에 의하면 토착인 중 한 명에게 히든 퀘스트를 통해서 배웠다고 하더군요. 가지고 있는 창 역시 스승에게 물려받은 것입니다. B등급 에픽 아이템인 '흑참(黑斬)'. 획득 루트는 아직 밝혀지지 않았습니다."

"토착인의 스킬이 이 정도라니……. 흥미로운데."

등 뒤에 서 있는 세 명의 부하의 설명을 들으며 팔짱을 낀 채로 아래를 내려다보는 남자.

마치 재미있는 경기를 관전하는 것처럼 트라멜을 앞에 두고 전투를 벌이고 있는 진형을 흥미롭게 보고 있는 그는 다름 아닌 휀 레이놀즈였다.

병사들마저 대동하지 않은 채 그는 자신들의 실력에 자신감이 넘치는 모습이었다.

"부대를 지휘하는 것도 익숙해 보이고. 흐음…… 현실에서 뭘 했던 녀석인지 궁금한걸."

"가까이 보시고 싶으십니까. 잡아올까요?"

휀 레이놀즈의 뒤에 서 있는 세 사람. 케니스와 알란을 제외한 머리를 올백으로 넘긴 나머지 한 명은 그의 말이 떨어지자마자 성큼 앞으로 나오며 말했다.

"이런. 서두르지 말라고, 칸. 아직은 좀 더 지켜보는 재미가 있으니 말이야."

"크음."

칸이라 불리는 근육질의 남자는 휀의 말에 머쓱한 듯 고개를 끄덕였고 케니스는 웃으며 그의 어깨를 가볍게 툭 쳤다.

"녀석들도 우리와 싸우는 건 꺼려지나 보군요. 자기들끼리 힘을 빼봐야 어차피 소용없다는 걸 알 텐데."

"케니스, 꼭 그렇지도 않아."

휀은 반대편 언덕을 바라보며 말했다.

"아직 커다란 곰 한 마리는 움직이지 않고 있거든."

"으흠……."

팔짱을 낀 채로 자신을 뚫어져라 바라보고 있는 거구의 남자. 구릿빛으로 탄 민머리가 어울리는 그는 남들의 두 배는 될 것 같은 커다란 주먹을 가지고 있었다.

"베이 신. 이렇게 실물로 보는 건 처음이군. 서북부 지역에서 꽤 이름을 날렸다던데."

"그래 봐야 권사 클래스에 불과합니다. 1차 클래스의 중요성을 생각했을 때 조심성이 없는 남자죠. 대장을 따를 사람은 없을 겁니다."

"흠, 완력으로는 그를 이길 자가 없다고 하던데……."

훼은 알란의 말에 씨익 웃으며 말했다.

"칸, 어때?"

"……하명만 하십시오. 묵사발을 낼 테니."

"크큭."

그의 장난에 칸은 자신의 머리를 쓰윽 쓸어 넘기면서 자신 있게 말했다.

"곰 대 킹콩이라……. 볼만하겠네요."

"누, 누가 킹콩이라는 거냐!"

"하하하하!"

알란의 말에 발끈한 칸 때문에 그 자리에 있던 세 명은 그 반응이 재미있는 듯 큰 소리로 웃었다.

하지만.

"……어?"

순간, 언덕 위에 정적이 흘렀다.

아주 잠깐이었을 뿐이다. 언덕 아래를 바라보고 있던 시야를 베이 신에게 옮긴 시간은.

그런데…….

"저기 쓰러진 사람……."

케니스는 자신의 눈을 의심했다. 조금 전까지만 하더라도 맹렬한 무위로 상대방을 썰어버리던 남자가 지금은 대(大)자로 뻗어 있는 게 아닌가.

"설마, 필립 로엔?"

언덕 아래가 소란스러웠다. 승리를 확신하면서 도망치는 적들을 죽이던 병사들은 어떻게 된 영문인지 알 수가 없어 우왕좌왕하며 쓰러진 그의 주위로 몰려들었다.

"찾았다."

"……!!!"

언덕 위를 걸어 올라오는 한 남자.

"누구냐!!!"

칸이 앞으로 튀어나오면서 주먹을 쥐었다. 하지만 그의 외침에도 남자는 아랑곳하지 않고 계속해서 걸어왔다.

"설마…… 저 밑에서 올라온 건가?"

케니스는 남자를 보며 눈을 동그랗게 떴다. 수백 명이 곳곳에서 뒤엉켜 있는 전장이었다. 혼자서 피하며 이곳으로 올라오는 것도 결코 쉬운 일이 아닐 것인데 남자의 품 안엔 작은 소녀까지 안겨 있었기 때문이었다.

저벅.

툭.

남자의 발걸음이 멈췄다. 궁수들 때문에 제대로 날지 못하는 서펀트 대신 그는 병사들이 엉켜 있는 트라멜을 가로질렀다.

한 사람을 만나기 위해.

아니, 한 사람을 위해서.

과연 몇 명의 병사를 뚫고 이곳에 온 걸까.

먼지와 누군가의 것인지 모를 피가 온몸에 잔뜩 묻어 있는 남자.

"드디어 만났군."

무열은 자신과는 정반대로 먼지 하나 없이 은색에 가까운 빛나는 레몬 빛의 머리카락을 가진 미청년을 바라보았다.

"휀 레이놀즈."

"날 만나러 왔다고?"

휀 레이놀즈는 자신의 앞에 있는 남자의 행색을 찬찬히 살펴봤다.

눌어붙은 머리카락, 피로에 지친 모습.

이렇다 할 특별한 모습은 보이지 않았지만 그의 흥미를 끄는 건 분명 있었다.

"이런 곳에서 애를 키우는 건 아닐 테고……. 날 찾아온 이유부터 이게 무슨 상황인지 설명이 필요할 것 같은데."

바로 전장과 어울리지 않는 품 안의 아이.

휀의 뒤에 있는 세 사람은 무열을 경계하며 그의 움직임 하나하나를 주시하고 있었다.

'누구지.'

'분명 초입에 병사들이 있을 텐데…….'

'도대체 어떻게 올라온 거지?'

그들의 머릿속이 복잡해지기 시작했다. 언덕 위엔 자신들과 휀뿐이었지만 그래도 언덕 초입엔 입구를 지키는 병사들이 있었다.

'그들 모두 C랭커다.'

휀 레이놀즈의 권세의 병력은 늪지뱀을 사냥하면서 모두 랭크 업을 마치고 이곳에 왔다.

병사의 수는 150명. 규모로 따지면 북부에서 그렇게 큰 세력이라고 할 수는 없지만 그들 모두가 상위 랭커라고 할 수 있는 C랭커였다.

현재 대부분의 권세에는 리더를 제외하고 병사들이 C랭커인 경우는 거의 없다고 봐도 무방할 것이다.

하지만 휀 레이놀즈를 비롯한 세 명의 부단장 역시 병사들과 마찬가지로 현재 C랭커였다.

어찌 생각하면 같은 랭커이기 때문에 혹여 그들의 자리를 넘보려는 자도 생길 수 있는 일이다. 그렇기 때문에 권세를 가진 대부분의 리더는 정말 믿을 수 있는 자들을 제외하고 항상 병사들을 자신보다 한 단계 밑의 수준으로 유지시켰다.

그러나 유일하게 휀 레이놀즈만은 예외였다.

그 이유는 바로 유니크 클래스인 하이랜더(Highlander)의 히든 스테이터스인 통솔력(統率力) 때문이다.

부대를 통솔하고 이끄는 힘.

휀 레이놀즈가 이끄는 병사들은 일반적인 부대원들과 확실히 달랐다. 그의 통솔력이 높아질수록 병사들이 가지는 그에 대한 신뢰가 높아지고 그들에게 있어서 배신과 배반보다 오히려 믿음과 충성의 마음이 더 강해졌다. 물론, 그의 강함이 수반되지 않는다면 절대로 있을 수 없는 일이기도 하지만 말이다.

"제안을 하고 싶다."

단신으로 자신을 찾아와 처음 꺼낸 말이 부탁도 아닌 제안이라는 말에 휀 레이놀즈는 흥미로운 얼굴로 무열을 바라봤다.

"이 상황에서 나에게 제안할 게 뭐가 있을지 모르겠는데……."

이미 그는 자신의 승리를 예상하고 있었으니까.

그는 가볍게 손뼉을 쳤다.

"아하? 혹시 다른 권세의 사신이라도 되는 건가? 아이를 안고 온 모양이 좀 웃기긴 한데…… 제안이라. 동맹이라도 맺고 싶은 모양이지?"

"아니, 그렇지 않다."

"음?"

휀은 그의 대답에 고개를 갸웃거렸다.

"너희 권세 안에 윤선미라는 여자가 있을 거다. 그녀를 만나고 싶다."

"……."

순간 그의 얼굴이 굳어졌다. 여기까지 올라와서 자신이 아닌 다른 사람의 이름을 호명하는 무열의 모습이 너무나도 건방져 보였기 때문이었다.

"윤선미…… 윤선미라……."

하지만 그는 최대한 포커페이스를 유지한 채 아무렇지 않은 척 그 이름을 몇 번 중얼거렸다.

"알란, 우리 부대에 그런 이름을 가진 사람이 있었나?"

휀이 뒤를 돌아보며 물었다. 휀의 물음에 알란이 고개를 가로저었다. 그의 긴 머리카락이 가볍게 흔들렸다.

"죄송합니다."

150명의 병사의 이름을 일일이 기억하는 건 쉬운 일이 아니

다. 무엇보다 이렇다 할 특색이 없다면 수뇌부들에겐 기억에
남지 않을 수밖에 없다.

"저……."

그 순간, 뒤에서 기다리고 있던 케니스가 조심스럽게 휀에
게 말을 걸었다.

"그런 사람이 있긴 합니다."

"정말? 왜 내가 기억을 못 하고 있지. 흐음…… 웬만한 병
사의 이름은 모두 외우고 있는데 말이야."

통솔력을 키우는 요소 중 병사들의 이름을 외우는 것도 중
요했다. 권위 있는 자가 자신의 이름을 기억하고 있다는 사실
은 병사들의 사기에 큰 효과를 발휘하기 때문이다.

휀은 수고스럽지만 그런 사소한 것 하나까지 놓치지 않는
남자였다.

"그게……."

하지만 휀의 기억 속엔 그런 이름이 없었다.

"병사가 아닙니다."

"음? 그럼?"

휀이 그를 바라봤다. 그러자 케니스는 난감한 표정으로 그
에게 말했다.

"요리사…… 입니다."

"하하하하하하!!!"

휀은 비명으로 가득한 전장에서 떠나갈 것같이 웃음을 터뜨렸다.

"뭐? 요리사? 하긴 그러면 내가 모를 수도 있지. 150명의 병사의 이름은 외우고 있어도 생산 스킬을 가진 사람들은 내가 직접 만난 적이 없으니 말이야."

하이랜더(Highlander)의 통솔력은 일반 사람들에겐 적용이 되지 않는다. 오직 부대에만 적용되는 능력이기 때문에 그의 권세를 따르는 사람들이라 할지라도 전투원과 비전투원의 입장은 확실히 차이가 있었다. 그렇기 때문에 휀 역시 전투 요원이 아닌 나머지 사람들에겐 그다지 신경을 쓰지 않았다.

"이런, 내가 너무 웃었군. 생각지도 못한 클래스라서 말이야."

휀 레이놀즈는 무표정한 무열의 모습에 헛기침을 하며 숨을 돌렸다.

"자네가 우리 부대의 요리사를 어떻게 알지? 이름을 들어선 같은 동양인인 거 같은데……. 알고 있는 사이라도 되는 건가?"

그는 무열의 품에 있는 리앙제를 가리키며 말했다.

"혹시 당신 아내?"

"……."

농담으로 하는 소리는 아니었다. 충분히 그렇게 볼 수도 있는 상황이었으니까.

하지만 천천히 무열이 고개를 젓자 휀은 잘 모르겠다는 듯 그를 바라봤다.

"여기 와서 그딴 소리나 하고 있다니. 전장이 우스워 보이나. 저 새끼…… 처리할까요."

칸은 더 이상 기다리지 못하겠다는 듯 말했다.

"아냐, 아냐. 기다려."

하지만 반대로 무열의 이런 모습이 휀의 흥미를 돋우는 듯 보였다. 이제 와선 오히려 언덕 아래 전투가 관심 밖이 되어 버린 느낌이었다.

"좋아, 일단 그 제안을 들어볼까? 윤선미라는 사람이 나의 권세에 있는 건 확인했으니 말이야."

그는 무열이 어떤 말을 할지 궁금했다. 운이든 실력이든 여기까지 올라왔다는 것만으로도 그의 능력은 입증이 되었으니까.

"그녀를 만나게 해주면 너는 나에게 뭘 해줄 거지?"

무열은 작게 숨을 내쉬었다. 쉬지 않고 날아온 덕분에 목 안이 까끌까끌했다. 그는 리앙제를 안고 있는 품을 다시 한번 고치면서 천천히 입을 열었다.

"널 살려주지."

쾅아아아아앙———!!!!

"이 새끼가!!!!!!"

언덕 위에서 굉음이 터져 나왔다. 참지 못하고 칸의 커다란 주먹이 리앙제를 안고 있는 무열을 향해 인정사정없이 날아들었다.

같은 권사 클래스이지만 칸의 강권(强拳)은 이정진의 비할 바가 못 되었다. 랭크의 차이도 있었지만 그보다 태생적으로 가지고 있는 근력이 달랐다.

흙먼지가 솟구쳐 올랐다.

"하하, 살려준다라……. 등장부터 특이했지만 말하는 것도 남다르군요."

케니스는 고개를 저었다.

근력만으로 따진다면 현재 휀 레이놀즈의 권세에서도 그는 단연 톱이었다. 그런 그의 강권을 정면에서 받았다면 절대로 무사하지 못할 터.

"입을 잘못 놀리는 녀석에겐 당연한 결과죠."

알란은 흙먼지가 희뿌옇게 솟아오른 앞을 바라보며 살짝 입을 가린 채 말했다.

쫘드드드득…….

자신의 군주에게 행한 불손한 태도. 칸이 움직인 건 비단 휀의 통솔력으로 인한 충성심 때문은 아니다.

그는 절대로 손속에 사정을 두지 않았다. 있는 힘껏 내려친 강권. 하지만 정작 두 사람의 대화와 달리 먼지 속의 칸의 얼굴은 구겨지고 있었다.

"이…… 이익……!"

기묘한 목소리에 두 사람이 앞을 바라봤다.

휘이이익.

바람이 불었다.

"……."

흙먼지가 사라지면서 평온했던 휀 레이놀즈의 얼굴이 점차 굳어졌다.

"네 말대로 설명이 더 필요하겠지."

쿵.

거대한 칸의 몸뚱이가 부르르 떨리더니 무열의 앞에서 무릎을 꿇었다.

어떻게 된 영문인지 알지 못하는 케니스와 알란은 그 모습에 깜짝 놀라지 않을 수 없었다.

칸이란 남자가 어떤 사람인가. 자신들과 함께 부대에서 가장 강한 남자 중의 한 명인 그가 이토록 허무하게, 고작 일격에 쓰러질 것이라곤 단 한 번도 생각한 적 없었다.

"이, 이런……!"

"말도 안 돼……."

툭.

자신의 앞에 고꾸라진 칸의 커다란 어깨를 무열이 한 손으로 밀었다.

"죽인 건 아니니 걱정 마라."

무열의 손에 들린 뇌전이 번뜩이는 전격을 뿜어내고 있었다.

쓰러진 칸을 바라보며 무열은 생각했다.

'역시……. 그날 만났던 라엘의 부하와 확실히 느낌이 다르다. 정체가 뭘까.'

자신의 일격을 간단히 막아버린 그 남자.

무열은 살만의 랭크를 알지 못했다.

D랭크인 무열이 아직 B랭커가 나오지 않았을 것이라고 생각했기에 살만과 그런 격전을 벌일 수 있었던 것일지 모른다. 만약 2랭크 차이라는 것을 그가 알았다면 섣불리 달려들지 못했을 거니까. 단순한 랭크의 차이를 넘어 2차 전직이라는 변수도 생각해야 했을 터다.

무열은 천천히 고개를 들어 휀을 바라봤다. 라엘 스탈렌의 푸른 사자들도 문제지만 지금으로서는 그보다 더 시급한 일이 있었으니까.

"이 자식!!"

알란은 쓰러진 칸을 보며 자신의 세검을 뽑았다.

"잠깐."

당장에라도 달려들 것 같은 그를 멈추게 만든 것은 휀이었다.

"일단 날 살려주겠다는 말이 무슨 의미인지 들어야겠는데. 네가 날 죽이기라고 하겠다는 뜻인가."

마치 죽일 수 있으면 죽여보라는 태도로 휀은 고개를 들어 무열을 바라봤다.

"아니."

하지만 무열의 대답은 달랐다.

"여기에 있다간 너뿐만 아니라 너의 권세들, 더 나아가 트라멜에 있는 모든 사람이 위험해진다."

"어째서?"

무열은 밤낮을 달려오며 많은 생각을 했다. 휀의 막사 안으로 몰래 잠입해서 윤선미를 찾을 것인가 아니면 반대로 휀을 만나자마자 무릎을 꿇을 것인가. 온갖 경우의 수를 생각했었다.

단순히 힘만으로는 휀의 권세를 혼자서 이길 수 없다. 게다가 설령 그렇게 한다고 한들 가장 중요한 리앙제를 살리는 일이 더욱 지체될 것이다. 그렇기 때문에 내린 결정.

"흑암(黑暗)이 오기 때문이다."

휀은 무열의 말에 살짝 고개를 갸웃거렸다.

"그게 뭐지……?"

"재해(災害). 인간의 힘으로 막을 수 없는 신의 장난이지. 그게 곧 트라멜을 덮칠 것이다. 그렇게 되면 네가 아무리 이곳을 얻는다 하더라도 결국은 버리고 떠나게 될 수밖에 없게 되겠지."

"그런 엄청난 녀석을 너는 막을 수 있단 말인가?"

"그렇다."

아무렇지 않게 대답하는 무열을 보며 휀은 더욱더 그의 정체가 궁금해졌다. 재해라는 처음 들어보는 현상에 대해서 잘 알고 있다는 듯 얘기하고 있으니까.

"내가 그걸 어떻게 믿지? 헛소리를 하는 미친놈이라고 치부할 수도 있는 일인데."

"믿고 안 믿고는 너의 문제겠지. 하지만 거절할 순 없을걸."

"하, 어째서?"

어처구니없다는 표정으로 휀을 그의 말을 비웃었다.

무열은 드디어 감춰놓았던 카드를 꺼냈다.

어쩌면 위험할 수 있는 수(手). 하지만 그 위험을 감수하지 않는다면 휀 레이놀즈라는 남자의 관심을 절대로 끌 수 없을 것이다.

그가 휀을 바라보며 말했다.

"네가 하이랜더이니까."

"……."

그 순간, 휀 레이놀즈의 얼굴이 딱딱하게 굳었다.

하이랜더 (Highlander).

불꽃 첨탑에서 얻을 수 있는 유니크 클래스 중에 확실히 다른 클래스보다 가장 권좌에 어울리는 것이라고 할 수 있었다. 하지만 완벽해 보이는 이 클래스에도 분명 단점은 있었다. 그것도 생각 못 한 부분에 있어서.

바로, '통솔력(統率力)'.

부대원들의 신뢰를 쉽게 얻을 수 있는 능력은 단순히 생각하면 마냥 좋아 보이지만 정작 당사자는 그 신뢰를 쌓기 위해서 항상 고민할 수밖에 없었다.

'그는 병사들의 충성도가 떨어지는 것이 두려워 적군을 베는 것조차 꺼려 할 때도 있었다.'

성군(聖君)의 자세. 항상 올곧고 정의로워야 한다는 것.

결국은 그게 그의 패착이었지만 무열은 바로 지금 그것을 노렸다.

"만에 하나, 정말로 만에 하나 내 말이 사실이라면? 넌 절대로 자신의 병사들을 죽게 두지 않을 거니까."

"……."

잠시 침묵하던 휀이 입을 열었다.

"내 클래스를 알고 있다?"

놀랍게도 그는 무열을 바라보며 오히려 입꼬리를 씨익 올렸다.

"정말 재미있군."

자신의 클래스는 불꽃 첨탑에서도 쉽사리 얻을 수 있는 것이 아니었다. 그런데 그걸 그가 알고 있다.

"한 가지 묻지."

그렇다면…….

"너, 이름이 뭐지?"

휀이 날카로운 눈빛으로 그를 바라봤다.

천천히 움직이는 입술이 말하는 그의 이름.

무열은 아직 자신의 이름이 가지는 무게를 실감하지 못하고 있었다.

"강무열."

"……!!"

케니스와 알란이 무열의 말에 눈을 동그랗게 뜨며 휀을 바라봤다. 하지만 이미 휀은 그 이름을 예상한 듯 천천히 몸을 일으키며 그에게 다가갔다.

"그래, 너였군."

휀의 눈동자엔 묘한 기류가 흘러나왔다. 그리고 두 사람 역시 그런 그를 불안하게 바라보았다.

그 이유.

"그래, 그럼 이해가 가지. 이 괴상한 말들을 지껄일 수 있다는 것이."

무열의 앞에 선 휀. 그는 무열이 안고 있는 리앙제의 뺨을 가볍게 쿡 눌렀다. 지금껏 병사들에게 보이지 않았던 차가운 얼굴로.

"네가 바로 첨탑에서 내 기록을 깬 녀석이로군?"

27장
윤선미

"크…… 크크. 알란, 네가 가지고 온 이름의 주인공이 바로 눈앞에 있었구나. 첩탑의 기록을 깬 시간을 봐서는 분명 북부에 있을 것이라고 생각했지만 행방이 묘연해서 찾을 수가 없었는데."

"……."

휀 레이놀즈는 무열을 바라봤다.

"이렇게 만나게 되다니. 정말 반갑군."

행방을 찾을 수 없었던 건 당연한 일이었다. 무열에게 테이밍 스킬이 있다는 것을 몰랐으니까. 그는 무열이 남부를 다녀왔을 것이라곤 생각하지 못했다.

"내가 병사들의 평판 때문에 널 도와줄 거라고? 위험천만한 전장을 건너온 것치고는 너무 노림수가 약한 것 아냐?"

그는 무열을 향해 웃었다. 그러고는 자신은 뜻대로 되지 않는다는 것을 증명하기라도 하려는 듯 안타까운 표정과 함께 무열의 어깨를 다독이며 연극을 하듯 과장된 제스처를 취했다.

"아! 이거라면 분명히 먹힌다. 역시 난 대단해. 뭐, 이런 생각을 했겠지. 그런데 어쩌나. 어차피 네가 한 부탁은 병사들은 모를 텐데. 굳이 내가 왜 들어줘야 하지?"

"글쎄."

하지만 자신을 비웃는 휀을 향해 무열은 망설임 없이 대답했다. 그 정도는 예상하고 있었으니까.

"나 혼자였다면 그렇겠지. 하지만 눈앞에 있는 이 아이를 넌 죽일 셈인가."

무열은 안고 있던 리앙제를 휀 레이놀즈에게 향했다.

"……뭐?"

"윤선미를 만나지 못하면 이 아이는 죽는다. 네가 그걸 그냥 보고 있진 않을 것이라 생각한다. 왜? 그거야말로 하이랜더로서의 신념에 위배되는 일일 테니까."

순간, 휀 레이놀즈의 얼굴이 구겨졌다.

"넌 절대로 못 해."

빠득.

부정할 수 없었다. 틀린 말이 아니었으니까. 그거야말로 하이랜더라는 유니크 클래스를 가진 자가 감수해야 할 일이었으니까.

"과연 네가 죽어가는 아이를, 그것도 고작 권세 안에 있는 여자를 만나게 하는 것으로 해결할 수 있는 일을 모른 척했다고 한다면…… 충성심 가득한 너의 부하들이라 할지라도 과연…… 납득할 수 있을까."

"하? 하하……."

휀은 무열을 바라봤다. 당장에라도 잡아먹을 것 같은 날카로운 눈빛에도 불구하고 무열은 피하지 않았다.

일촉즉발의 상황.

케니스와 알란은 불안한 눈빛으로 두 사람을 바라봤다.

"권좌를 노리는 너라면 말이야."

보일 수 있는 카드는 모두 보였다. 결정은 어차피 휀이 해야 하는 일이겠지만 무열은 이제 한발 물러서 그에게 말했다.

팽팽한 긴장감을 깨뜨리는 한마디.

"그러니 도와다오."

휀 레이놀즈는 그 한마디에 헛웃음을 터뜨리고 말았다.

"날 잡아먹을 것처럼 노려보더니 이젠 도와달라……. 정말 못 당하겠군. 알란."

그 웃음의 의미를 무열은 잘 알았다.

시험.

휀이 그에게 주는 문제였다. 무엇을 할지 모르지만 자신을 납득시키지 못하면 끝이라는 것.

"네."

"밑의 병사들에게 일러서 칸을 추스르라고 해라. 아직 전쟁
은 시작도 하지 않았으니까."

"하면……."

"그리고 윤선미라는 여자도 찾아와. 저 녀석 말대로 아이를
살릴 수 있게 되면 나에게도 나쁜 일은 아니겠지."

"네?"

알란은 휀의 결정에 놀란 듯 그를 바라봤다.

"우린 막사로 돌아간다."

"오셨습니까!!"

"대장님!!"

"모두 정렬!!"

트라멜 서쪽에 위치한 휀 레이놀즈의 거점.

규모는 작았지만 곳곳에 배치되어 있는 방어 병력과 꼼꼼
하게 세워진 방벽들은 그들이 얼마나 전투에 익숙한지 보여
주고 있었다.

'흠…….'

무열은 리앙제를 안고 걸어가며 주변을 가볍게 훑었다. 열 명씩 나눠진 소규모 부대에서부터 그 위를 통솔하는 부장들을 보고 있자니 예전 훈련소가 생각났다.

'아직 1년 차도 되지 않는 시점에서 벌써 이 정도의 부대를 운용할 수 있다니……. 역시 이강호와 마지막까지 권좌를 다퉜던 남자답군.'

"그래, 윤선미는 어디에 있지?"

"네, 7막사에 있습니다."

"알겠다."

휀은 부하의 말에 고개를 끄덕였다.

언덕 초입에서 먼저 이동한 전령이 거점에 있는 윤선미를 찾아 대기시켜 놨다.

무열이란 남자가 찾는 여자가 누구인지 그 역시 궁금해지기 시작했다.

'요리 스킬은 딱히 대단한 것도 아닌데 요리사를 찾기 위해 이런 위험부담을 감수하면서까지 올 리가 전혀 없다.'

장인급의 대단한 스킬을 보유한 사람이라면 모르겠지만 그랬다면 자신이 모를 리 없을 테니까.

촤르르륵———!!

막사의 천막을 걷었다. 그러자 그 안의 체구가 작은 여자가 그 소리에도 깜짝 놀란 듯 어깨를 들썩이며 앞을 바라봤다.

당장에라도 울음을 터뜨릴 것 같은 커다란 눈과 가볍게 떨리는 도톰한 입술. 어깨 끝에 살짝 걸치는 머리카락이 부드럽게 말려 가녀린 어깨를 감싸고 있었다.

'이 여자가…….'

무열은 자신의 어깨도 채 오지 않을 것 같은 아담한 그녀를 바라보며 생각했다.

'이강호의 세 번째 제자.'

정말 전투와는 전혀 어울리지 않아 보이는 모습이었다. 사람 하나 죽이지 못할 것 같은 여린 얼굴에선 용단화(龍斷花)라는 이름은 결코 떠올리지 못할 것 같았다.

'최초의 용 사냥꾼.'

7년 뒤, 아무도 막지 못할 것이라고 생각했던 서슬 용족의 침공에서 그녀는 단신으로 수장인 르산드가를 사냥하며 위업을 달성했다. 검은커녕 부엌칼도 겨우 쥘 것 같은 저 작은 손으로 말이다.

"저…… 무슨 일로……."

자신이 속한 권세의 수장이 직접 자신을 찾고 있다는 얘기에 윤선미는 아직까지 불안한 듯 가슴 한편에 손을 모으고 조심스럽게 물었다.

"너무 그렇게 걱정하지 않아도 됩니다. 별일 아니니까. 단지 선미 양을 찾는 사람이 있어서 이렇게 모신 겁니다."

"······저를요?"

휀은 떨고 있는 그녀에게 나지막한 목소리로 대답했다. 확실히 마음이 편해지는 울림이었다. 하이랜더라는 클래스를 떠나서 이미 휀 레이놀즈라는 남자는 사람을 다루는 법을 잘 알고 있었으니까.

"저희들이 지켜드릴 테니 걱정 마세요, 선미 양."

휀은 기회를 놓치지 않고 마치 선악의 구분을 짓는 것처럼 말했다.

"어이, 꼭 내가 나쁜 사람처럼 말하는군."

무열은 그의 연기 같은 행동에 어이없다는 듯 헛웃음을 지었다. 하지만 그런 반응조차 익숙하다는 듯 휀은 가볍게 웃으며 말했다.

타고난 연기자.

하지만 휀 레이놀드는 그것이 가식이 아닌 진짜기 때문에 더 무서운 것이었다.

"자리를 피해줘야 하는 이야기인가?"

이제 완벽히 자신의 세력 안으로 무열이 들어왔다고 생각해서일까. 언덕 때보다 그는 한결 여유로운 모습이었다.

"그렇지 않아도 상관없다. 지켜주겠다면서? 그럼 옆에 있어야지."

무열은 그런 휀의 태도를 집으며 윤선미에게 다가갔다.

"이 아이를 치료해 주셨으면 합니다."

"네? 제가요?"

"서리뱀 풀독에 중독되었습니다. 원인은 가슴 위쪽을 관통한 화살 때문입니다."

식은땀을 흘리며 힘겹게 숨을 쉬고 있는 리앙제를 바라보면서 윤선미는 당황스러운 표정을 지었다.

"그게 무슨……. 제가 할 줄 아는 건 그냥 약간의 요리뿐인걸요. 여기서도 그냥 거드는 정도인데……."

'그럼 그렇지.'

'해독제를 만들 정도의 능력을 가졌다면 굳이 힘이 드는 잡일을 할 리가 없지.'

천막 뒤에서 무열의 말을 듣고 있던 알란과 케니스는 역시나 하는 생각을 했다. 칸을 일격에 기절시킬 정도에 대단한 실력을 가진 검사라 할지라도 적어도 이번만큼은 헛다리를 짚은 게 확실하다.

"저 여자, 이제 기억난다. 영입했을 때 분명 거점이라고 하기엔 뭐한 작은 마을 같은 데 있었어. 100명이 채 안 됐던 곳 같은데."

"그래?"

대륙 지도를 만들기 위해서 여기저기 돌아다니던 케니스였기에 병사를 제외하고 생산 스킬을 가진 사람들을 가장 많이 휀의 권세로 영입한 장본인이기도 했다.

"무슨 습격을 받은 건지 완전 폐허가 되어 있었거든. 생존 자라곤 저 여자 한 명뿐이었고."

"흐음……."

"거의 넋이 나간 상태여서 그대로 놔두면 죽을 것 같았거든. 너도 알잖아. 이런 곳에 여자 혼자 있다간 어떤 일이 벌어질지. 그래서 데리고 오긴 했는데 딱히 이렇다 할 능력이 없더라고. 뭐, 그런 사람도 많으니까. 그나마 초급 요리 스킬이 있어서 그쪽으로 배정했었지."

알란은 케니스의 설명을 들으며 윤선미를 바라봤다. 확실히 그가 봐도 딱히 눈에 띌 만한 특이점은 없었다.

"혹시 의학 스킬이 있는 거 아냐? 또 모르지 예전에 의사라든지 간호사였을지도."

"그럴 수도 있겠지만……. 지금까지 아무것도 안 했는데 과연 숙련도가 높을까? 초기 때 스킬을 습득했다 하더라도 이런 상황이면 붕대 감는 것만 못 할 텐데."

"하긴 그렇군."

단 하나. 의문이었다면 폐허 같았던 그 마을에서 그녀만 살아남았다는 거다. 몇 번 이유를 물어보기도 했지만 그녀는 입을 다물었다.

하지만 비일비재 한 일. 사람을 죽이고 약탈하는 상황은 이제 익숙했다. 굳이 좋은 일도 아니었기에 케니스는 윤선미의 과거를 캐려 하지 않았다. 혹여 문제가 생기더라도 자신들의 힘이라면 충분히 해결할 수 있을 것이라고 생각했으니까.

"전…… 아무것도 모릅니다. 할 줄 아는 게 없어요."

"서리뱀 풀은 식용으로도 사용할 수 있다고 알고 있습니다."

"그렇긴 해도 제가 다룰 수 있는 풀이 아니에요. 기껏해야 단순한 요리밖에 할 수 없는데……."

윤선미는 무열의 말에 고개를 저었다.

기대했던 반응이 아니어서일까. 휀 역시 조금은 실망한 듯 주시하던 눈을 뗐다.

"그만하지. 별 연관도 없는 사람인 것 같은데. 그녀를 괴롭히지 말고 차라리 거점에 있는 치료사에게 보여주는 게 어때?"

그는 선심을 쓰듯 말했다.

"정말 아무것도 모르시는 겁니까."

하지만 무열은 끝까지.

"부탁드립니다."

무열이 그녀의 손을 잡았다.

"무, 무슨……!!"

깜짝 놀라는 윤선미.

휀은 다급하게 말하는 무열의 모습에 실망스러워하는 표정을 지었다. 그의 호기심을 부추긴 건 언덕에서 보여줬던 당당함이지 이런 모습은 아니었다.

"……."

하지만 무열은 잡은 윤선미의 손바닥을 살며시 펼쳤다. 등을 지고 있기 때문에 나머지 세 사람은 그가 무엇을 하는지 알지 못할 것이다.

단지, 부탁을 하기 위해서 그녀의 손을 잡는 것처럼 보일 뿐이겠지.

"그렇습니까……."

무열은 고개를 떨궜다.

안타까움이 가득 서려 있는 그의 목소리에 윤선미는 어떻게 해야 할지 몰라 안절부절못하는 모습이었다. 하지만, 순간 그녀의 눈빛이 달라졌다. 그걸 본 사람은 아마 무열뿐일 것이다.

"……!!!"

천천히 그녀의 손바닥 위에서 움직이는 무열의 손가락. 그러자 지금까지 시선을 피하던 윤선미가 처음으로 무열의 얼굴을 제대로 바라봤다.

"조금 더 얘기할 수 있겠습니까?"

꿀꺽.

윤선미는 자신도 모르게 마른침을 삼키며 고개를 끄덕였다.

"……음?"

돌변한 그녀의 태도에 휀을 비롯해 다른 두 사람도 의아한 표정을 지었다.

'뭐지, 갑자기……'

휀이 무열을 바라봤지만 이렇다 할 수상한 점은 전혀 없었다.

그녀는 자신의 손바닥에 무열이 썼던 글자가 마치 아직까지 적혀 있는 것처럼 주먹을 움켜쥐며 손을 감추었다.

아무도 몰라야 할 비밀. 그걸 알고 있다.

윤선미의 눈동자엔 온갖 의문이 가득했다. 하지만 무열은 그저 가볍게 미소를 지을 뿐이었다.

그가 자신의 손바닥에 쓴 두 글자.

바로, '마녀(魔女)'.

이름 자체만으론 그 강함이 크게 와닿지 않을 수 있지만 세븐 쓰론에서 마녀는 매우 특수한 직업이다.

기본적으로 마법의 효과를 낼 수 있는 클래스가 몇 가지 있다. 대표적인 것이 마력을 운용하는 '마법사'와 마력 대신 진법으로 원소의 힘을 쓰는 '환술사'이다.

그 이외엔 암흑력을 가지는 '네크로맨서'와 마법과 비슷하지만, 다른 저주 계통의 '주술사'까지 커다란 마법이라는 범주 내에 있는 클래스들이다.

각자의 특색이 있는 이들과는 다르게 '마녀'는 달리 약간의 마력, 약간의 주술, 그리고 약간의 암흑력까지 모두 사용할 수 있다.

어찌 보면 다방면으로 활용도가 높은 클래스지만 한편으론 이렇다 할 강점이 없는 직업일 수도 있다.

그러나 여기서 구분되는 마녀의 특이점. 다른 캐스터들은 하지 못하는 하나의 능력이 있다.

바로, '약물 조합'.

마녀들에게만 전해지는 특수한 레시피로 만들 수 있는 갖가지 약물이 가지는 효과 역시 무척이나 다양하다.

오직 그들만이 알고 있는 무색무취의 독에서부터 연금술사들도 만들지 못하는 인챈팅 아이템까지 마녀들이 할 수 있는 일은 다양했다.

하지만 그만큼 어렵고 희귀한 직업이다. 그렇기 때문에 알려진 마녀의 수 역시 극히 적다.

그중 대표적으로 이름을 날렸던 3명의 마녀.

"……."

무열은 자신의 앞에 있는 윤선미를 바라봤다.

첫 번째로 이강호의 세 번째 제자가 되면서부터 주목을 받기 시작한 그녀, 그리고 취벽(翠碧)의 마녀 미츠키와 담천공주라 불리는 중국의 챠오메이까지.

마녀라는 클래스 자체는 서양 느낌이 강했지만 의외로 이름을 날린 마녀는 동양인이 대부분이었다. 섬세한 손재주 때문에 조합 레시피의 숙련도가 높아서라는 세간의 평이 있지만 확인된 것은 아니었다. 애초에 어떻게 마녀라는 클래스를 얻는 것인지도 알려지지 않았으니까.

심지어 담천공주는 자신이 받았던 전직 퀘스트도 기억나지 않는다고 했다. 그렇기에 사람들은 마녀를 선택받은 직업이라 말했다.

"······."

윤선미 역시 자신의 앞에 있는 무열을 바라봤다.

얼마의 시간이 지난 걸까.

아무런 소리도 나지 않는 막사 안을 밖에서 주시하고 있는 알란은 결국 답답함에 말을 열었다.

"들어가 보는 게 좋지 않을까요, 대장?"

"아무래도 뭔가 숨기는 게 있는 것 같은데······."

그 옆에 있는 케니스 역시 알란의 말에 동의했다. 휀 역시 그녀의 행동이 의심스럽긴 마찬가지였다. 처음에는 아무것도 모른다고 했던 윤선미가 갑자기 태도를 바꾸며 무열과 이야기하고 싶다 한 것이다.

"일단 기다려. 그녀가 말하지 않는 이상 우린 듣지 않는다."

알란은 휀의 그런 태도에 고개를 저었다.

"대장은 너무 의식하시는 것 같습니다. 그런 점이 좋아서 따르지만 강무열이란 남자, 눈빛이 예사롭지 않았습니다."

"저도 같은 생각입니다. 지금 트라멜 앞에 권세를 이끌고 온 사람 모두가 결국 저희의 적입니다. 이런 상황에서 고작 이런 일에 시간을 빼앗기는 건……."

두 사람의 만류에도 불구하고 휀은 오히려 가볍게 입꼬리를 올렸다.

"그렇지. 내 생각도 그래. 하지만 고작 이런 일이 아니다. 저런 사람일수록 받은 만큼 확실히 대가를 토해낸다."

"그 말씀은……."

"난 녀석을 우리 쪽에 들어오게 할 생각이다. 첨탑의 기록을 경신한 시기를 봐서는 아직 C랭커가 되지도 못했을 텐데 칸을 눌렀다. 그것만으로도 충분히 그를 영입할 이유가 돼."

휀은 단번에 무열의 실력을 인정했다. 하지만 알란과 케니스는 그의 말을 극구 반대했다.

"그건 너무 위험한 생각입니다."

"그렇습니다. 강무열이 저희와 맞지 않습니다."

"걱정 마라. 만약 정말 아니다 싶으면 정리하면 되니까. 여기가 우리의 거점이라는 걸 잊었나? 절대로 빠져나갈 수 없어."

그는 자신만만한 표정으로 말했다.

"하지만 이용 가치가 있는 도구라면 이용해야지. 안 그래?"

"……."

이미 독 안의 든 쥐라고 생각하는 걸까.

그만큼 그가 자신의 병사들을 믿는다는 것. 그게 하이랜더로서의 자질이라면 자질이겠지만 알란과 케니스는 여전히 불안함을 감출 수 없었다.

'과연 괜찮을까.'

물론, 휀의 말이 틀린 건 절대 아니다. 자신들이 임시 거점으로 잡은 이곳은 좁은 길과 세워놓은 목책 때문에 처음 온 사람이라면 움직이는 것이 쉽지 않다.

'날아서 도망치는 게 아니라면…….'

케니스는 자신이 직접 설계한 거점의 방어선을 생각하며 제아무리 무열이라도 쉽사리 도망치거나 빠져나갈 일은 없을 것이라고 생각했다.

"알겠습니다. 하지만 방비는 좀 더 해놓겠습니다."

"그래."

휀은 그의 말에 고개를 끄덕였다.

'강무열, 밑밥은 충분히 깔아놨다. 내가 주는 당근을 먹는 순간, 오히려 그게 널 옭아매는 족쇄가 될 것이다.'

권좌를 노리는 자는 절대 평범하지 않다. 마냥 풀어지는 것처럼 보이는 휀이었지만 그의 머릿속에도 이미 계획이 있었다.

'데리고 온 꼬마를 살리기 위해서면 윤선미가 필요하다는 것은 분명하다.'

그 윤선미가 지금 자신의 권세 안에 있다.

'강무열이 대단해도 의식도 없는 아이와 전투 능력도 없는 여자를 데리고 여길 빠져나가는 건 불가능하겠지.'

그 두 사람이 있기 때문에 훼은 오히려 안심할 수 있었다. 둘 중 한 명이라도 없게 된다면 그의 목적은 실패하니까.

'결국 넌 내 말을 따르게 되겠지.'

훼은 회심의 미소를 지었다.

"돌아간다."

하지만 그는 잊고 있었다.

삼킬 수 없는 음식은 결국 배탈이 나게 된다는 걸.

"저……."

"예전에 우연히 지나갔던 마을에서 요리를 먹은 적이 있습니다."

"……네?"

"온갖 채소를 넣어서 만든 건데 이름은 딱히 없다고 하더군요. 몸이 따뜻해지는 게 누가 만들었는지 궁금했을 정도로 맛있었습니다."

윤선미는 갑자기 알 수 없는 말을 시작하는 무열을 바라보며 고개를 갸웃거렸다.

무열은 그런 그녀에게 탁자에 손가락을 툭툭 치며 보여
줬다.

－힘들겠지만 대화는 손글씨로 하죠.

그는 계속해서 상관없는 이야기를 말로 떠들었다. 막사 밖
에 분명 감시가 있을 것이다. 자신이 알고 있는 휀 레이놀즈
의 성격상 자신의 대범함을 어필하기 위해서 그런 짓을 명령
하진 않겠지만 그의 부하들은 다르다.

'케니스, 그 남자는 분명히 막사 안의 상황이 궁금해서 미
칠 지경이겠지.'

휀 레이놀즈의 책사 겸 부단장이었던 그 남자는 전투에는
그다지 뛰어난 능력을 발휘하진 못했지만 매사에 항상 꼼꼼
하고 의심을 하는 성격으로 절대로 빈틈을 보이지 않았다.

"아, 네……."

윤선미는 무열의 뜻을 이해한 듯 그녀 역시 입으로 맞장구
를 치며 손을 움직였다.

－어떻게……?
－갑작스럽겠지만 당신의 힘이 필요합니다.

무열의 말에 그녀가 고개를 들었다.

−제가 마녀란 건 어떻게 알고 있죠? 아니, 설령 그렇다 하더라도 불가능해요. 전 이제 그 힘을 쓰지 않을 거니까.

그녀는 무척이나 불안한 듯 입술을 살짝 깨물면서 말했다.

−그 힘은 제가 원해서 얻은 게 아닙니다. 다시는 사람을 죽이고 싶지 않아요.

자신이 머물렀던 작은 마을은 권좌와는 상관없는 평범한 사람들이 모여 있는 곳이었다. 몬스터도 거의 나타나지 않는 초심 지역이었기 때문에 그들 스스로 힘을 합쳐 이 세계에서 살아남기 위해 노력했었다.

'나만 없었더라면…….'

윤선미는 자신의 과오를 잊고 싶었다.

'그 퀘스트만 아니었어도.'

우연히 먹을 것을 구하러 숲에 갔다가 만난 한 노파에 의해서 시작된 일. 그녀는 그게 마녀(魔女)라는 클래스를 얻게 되는 길이라곤 상상도 하지 못했다. 정확히 79명의 목숨을 가져간 대가로 말이다.

―누구를 치료할 수 있는 능력은 없습니다. 제가 할 수 있는 건 남의 목숨을 빼앗는 것……. 이런 주제에 죽지 못하고 살아 있네요.

윤선미는 고개를 떨구었다.

기억이 나지 않는다. 자신이 저지른 일이 무엇인지. 정신을 차렸을 때 이미 마을의 모든 사람이 죽어 있었으니까.

―돌아가세요.

그러나 무열은 포기할 생각이 없는 듯 탁자 위에 손가락으로 무언가를 적었다.

―당장 치료해 달라는 것이 아닙니다.
―……네?
―서리뱀 풀의 독보다 더 강한 독을 만들어 달라는 겁니다. 리앙제의 몸 안에 있는 독이 지워질 수 있도록.

이독제독(以毒制毒). 독으로 다른 독을 제압하는 것.

마녀는 힐러가 아니다. 포션을 만들 수 있는 연금술사는 지금 시기에 아직 나타나지도 않았으며 힐링(Healing)이 가능한 힐러들 역시 아직 마력이 구현되지 않았을 터. 지금으로선 서리풀 뱀의 해독이 가능한 사람이 없었다.

'힐러라고 해봐야 지금은 붕대법 스킬을 가진 자들 정도에 불과하다.'

그건 오히려 무열보다 더 높은 수준의 붕대법을 가진 사람은 거의 없다고 봐야 할 것이다.

'그렇기에 방법은 이것뿐이다.'

마녀가 만들 수 있는 독으로 서리뱀 풀의 독을 없애는 것.

물론, 극히 위험한 일이다. 하지만 마녀는 포션을 만들 순 없어도 자신이 만든 독에 대한 해독약은 조제할 수 있다.

'리앙제를 윤선미의 독으로 중독시킨 후에 다시 치료한다.'

그것이 무열이 생각해 낸 계획이었다.

하지만 윤선미는 그의 말에 고개를 저었다.

─불가능해요. 만들 수 있는 재료는 몇 가지가 있지만 장소도 마땅치 않고……. 만드는 시간까지 아이가 버틸 수 있을지 확신도 없어요. 절대 여기서 할 수 있는 일이 아니에요.

내키지 않는 일이었지만 그렇다고 어린아이가 그냥 죽어가는 것을 보고만 있고 싶지 않았다. 그녀는 최대한 자신이 할 수 있는 일이라면 돕고 싶었다. 하지만 선뜻 나설 수 없었다.

그 이유는 바로 휀 레이놀즈. 이곳의 리더인 그가 과연 마녀라는 존재에 대해서 어떻게 생각할 것인가.

'그 남자의 성격이라면 절대로 가만히 두지 않을 거야.'

정의로워 보이지만 자신을 위해서라면 한없이 거짓된 연기를 할 수 있는 존재였으니까.

"그건 걱정 마십시오."

그때였다. 지금까지 손글씨로 대화를 나누던 무열은 숨기려고 하는 거짓 대화가 아닌 진짜 말을 꺼냈다.

"그게 무슨……?"

"리앙제의 치료는 이곳에서 하지 않을 겁니다. 당신이 도와주기만 약속한다면……."

웅성웅성…….

그때였다. 윤선미는 막사 밖이 소란스러워지는 것을 느낄 수 있었다.

'무슨 일이지……?'

한밤중에 갑작스러운 습격이라도 있는 걸까?

하지만 휀 레이놀즈의 권세는 트라멜 주변 격전지에서 가장 안전한 곳 중의 하나다. 그의 명성을 알고 있는 다른 강자들 역시 그에게 섣불리 달려들지 못하고 있었으니까.

'그럼……?'

"왔나 보군요."

"네?"

촤르르륵———!!!

무열이 천막을 걷었다. 그러자 윤선미의 눈에 막사로 달려오는 알란이 보였다. 그의 뒤를 병사들이 따라오고 있었다.

"강무열!!!"

그가 무열의 이름을 외쳤다.

척—!!

촤르륵———!!!

막사를 포위하며 병사들이 활을 당겼다. 하지만 무열은 이미 예상한 듯 표정 하나 변하지 않았다.

[크아아아아아아……!!!]

그 순간, 알란의 외침을 씹어 먹는 날카로운 서펀트의 포효가 어두운 밤하늘에 울려 퍼졌다.

"궁수들 때문에 초입부터 눈에 띄지 않게 돌아서 움직이도록 하느라 꽤 시간이 걸렸네요. 꽤나 거리가 있어서."

윤선미는 입을 다물지 못했다.

"저…… 저건…….."

화염이 솟구쳐 오르는 붉은 플레임 서펀트가 상공에서 천천히 막사 안으로 내려오고 있었다.

"여기 계실 줄 몰랐습니다!! 서신을 받고 정말 놀랐습니다."

그리고 서펀트의 머리 위에 앉아 있는 남자.

그는 무열을 바라보며 감격스러운 얼굴로 커다란 베틀 액스를 쥔 채 소리쳤다.

"오랜만입니다."

"이렇게 뵐 줄이야……. 고생 많으셨습니다."

기쁨이 가득한 목소리로 무열을 향해 고개를 끄덕이는 다부진 체격의 남자.

바로, 강찬석이었다.

트라멜을 수비하고 있던 강찬석은 갑자기 날아온 서펀트를 향해 처음엔 공격을 가하려고 했었다.

하지만 서펀트가 물고 있던 서신을 발견한 그는 서신의 내용에 따라 일말의 망설임도 없이 서펀트에 올라타 적진 한가운데로 날아온 것이었다.

"……!!!"

무열이 윤선미의 손을 잡았다.

그 순간, 그녀는 자신도 모르게 심장이 쿵 하고 뛰는 걸 느꼈다.

그가 천천히 그녀를 바라보며 말했다.

"트라멜로 모시겠습니다."

28장
트라멜의 주인

"꼼짝 마———!!!!"

화살들이 무열을 향해 겨눠졌다. 알란이 들어 올린 손을 내리는 순간 그것들은 정확히 무열 일행에게 쏘아질 것이다.

"강무열, 대장이 너에게 베푼 은혜를 이런 식으로 갚다니. 감히 우리 사람을 빼돌리려고 해?"

"은혜? 난 분명 거래를 했을 뿐이다. 그녀를 만나게 해주는 조건으로 흑암에서 살려주겠다고."

"미친······!!"

"그리고 지금도 거래 중이지. 나는 그녀가 자유의지로 움직이길 바란다. 어떤 강요도, 어떤 협박도 하지 않아."

자신을 둘러싼 병사들을 바라보면서 무열은 눈 하나 깜빡거리지 않았다.

"너의 대장은 아이를 살리는 데 도울 수 있도록 나를 그녀와 만나게 해주었다."

"그래서?"

"하지만 여긴 리앙제를 치료하기 적합한 곳이 아니기 때문에 자리를 옮기려는 것뿐이다."

알란은 무열의 말에 소리쳤다.

"그런 짓은 절대로 용납할 수 없다!!"

"그래? 너도 같은 생각인가, 휀 레이놀즈."

무열이 너머를 바라보며 말했다. 알란과 케니스가 고개를 돌리자 그곳엔 휀이 서 있었다.

"아이 하나 살리는 게 그렇게 두려운 일인가."

"훗……."

"아니면 다른 게 무서운가."

무열의 말에 휀은 차가운 표정으로 물었다.

"글쎄. 선미 양에게 묻죠. 당신 생각은 어떻습니까. 이 아이를 구하는 데에 있어서 그의 말대로 이곳이 적합하지 않습니까? 필요한 것이 있다면 지원해 드리겠습니다."

윤선미는 휀의 말에 고민스러운 얼굴이었다. 그러고는 결심을 굳힌 듯 조심스럽게 입을 열었다.

"이 아이…… 우리처럼 현실에서 징집된 게 아닌 이곳에 사는 토착인이에요."

"……."

사실 이런 말을 하고 있는 지금도 힘이 든다. 그녀가 있었던 마을에도 몇 명의 토착인이 있었다. 다행히 그곳에 사는 토착인과 지구인 모두 애초에 싸움과 거리가 멀었기에 서로의 융합은 큰 문제가 되지 않았다.

하지만…… 그런 그들을 자신이 죽였다.

스스로 인지(認知)도 못 한 채.

어쩌면 그때 그 자신의 과오 때문에 지금 흔들리는 건지 모른다.

"저는 이곳으로 오면서 봤습니다. 다른 사람들과 달리 대장님께선 정말 피치 못한 상황을 제외하곤 지나친 마을들에 어떤 피해도 입히지 않으신걸요."

"……."

휀은 윤선미의 말에 아무런 대답도 하지 않았다.

"그렇기에 따를 수 있었죠. 토착인까지 생각해 주시는 대장님이기에."

"무…… 무슨!!"

그녀의 말을 듣던 알란이 한마디를 하려 했지만 휀이 손을 들어 그를 막았다.

"토착인 아이 하나를 살리기 위해 이런 위험한 전장을 통과해서 온 강무열 씨가 전 나쁜 사람이라는 생각이 들지 않아요."

"그래서요?"

"대장님께서 저를 이해해 주시라고 생각합니다."

순간, 그의 표정이 일그러졌다. 싸늘한 기운이 거점 안을 맴돌았다. 하지만 이내 곧 한숨을 내쉬며 휀은 자신의 뒤통수를 긁적였다.

그가 무열을 바라봤다.

"이것 참, 제대로 한 방 먹었군. 이런 식으로 거점에서 빠져나갈 수 있을 거라곤 상상도 못 했는데 말이지. 저런 괴물을 데리고 오다니 말이야. 케니스, 자네가 자랑하던 방어벽이 너무 어이없게 무너졌는걸."

"……네?"

"서펀트를 부릴 수 있을 줄 누가 알았겠어. 저런 걸 타고 도망치면 쫓을 수 없지. 잘못 움직이면 다른 권세들의 표적이 될 테니 말이지."

휀 레이놀즈는 능숙하게 윤선미의 마음이 멀어졌다는 것을 인정하면서도 표면적으로 그걸 표현하지 않았다. 오히려 플레임 서펀트 때문에 강무열을 잡을 수 없다라고 말하는 것이다.

"능구렁이 같은 녀석."

무열은 마지막까지 자존심을 포기하지 않는 그를 바라보며 피식 웃었다.

"널 여기서 죽일 수도 있다."

"네가 여기서 날 죽이지 않을 거라 건 안다."

무열의 말에 휀은 고개를 저었다.

"강무열, 차라리 나와 같이 가는 건 어떠냐. 너 정도의 사내라면 함께 권좌를 노릴 수 있을 것 같다."

휀의 제안. 아마도 이번이 처음이자 마지막이 될 것임을 무열은 잘 알았다.

아이러니하게도 그 모습이 이강호와 겹쳤다.

무열은 천천히 고개를 좌우로 저었다. 확고한 거절의 의사.

"미안하지만 나 역시 권좌를 노리는 사람 중 한 명이다."

딱히 놀랍지는 않았다. 휀은 무열의 반응에 그럴 줄 알았다는 듯 고개를 끄덕였다.

"그럼 이제부터 우린 적이군."

꽈드드드드…….

병사들의 화살을 당긴 손에 더욱 힘이 들어갔다.

강찬석이 무열의 앞을 말없이 막아섰다.

꽈악.

밤에 빛나는 화살촉을 바라보며 윤선미 역시 자신도 모르게 잡은 무열의 손에 힘을 주었다.

어째서 이런 위험한 길을 택한 것인가. 단순히 리앙제를 치료하기 위해서라면 휀을 자극할 필요가 없을 텐데.

알란은 무열을 공격하라는 명령을 기다리고 있었다.

그러나 놀랍게도 언제 공격이 시작될지 모르는 일촉즉발의 상황임에도 불구하고 무열은 힘겹게 숨을 쉬고 있는 리앙제를 강찬석에게 맡기며 플레임 서펀트를 향해 걸어갔다.

"잘 버텨줬다."

"이 자식⋯⋯!!"

알란이 참지 못하고 소리쳤다.

"그만둬라, 알란."

"네? 하지만!"

"지금 내 명성에 금이 가게 하려는 거냐."

정작 말리는 사람은 휀이었다. 알란은 반박하려 했지만 그의 표정을 본 순간 아무런 말을 하지 못했다.

탁.

무열이 가볍게 서펀트의 머리 위로 올라탔다. 그러고는 휀 레이놀즈를 내려다보았다.

그가 휀의 거점에 직접 들어온 이유엔 윤선미를 만나기 위함 이외에도 또 다른 이유가 있다.

바로, 강무열이라는 존재를 북부에 알리기 위해서.

오늘 밤이 지나면 휀 레이놀즈의 권세에서 당당히 살아 나온 그를 모든 강자가 주목하게 될 것이다.

"네가 트라멜의 주인이었을 줄은 꿈에도 몰랐군."

휀이 병사들을 향해 말했다.

"활을 거둬라. 모두 돌아간다."

"……."

알란은 그의 명령에 울컥하는 표정이었지만 어쩔 수 없이 소리쳤다.

"철수한다!!"

사라지는 병사들 사이로 휀이 마지막으로 무열에게 말했다.

"빨리 가서 치료하는 게 좋을 거다. 우린 기다려 주지 않을 테니까. 아이만을 돌볼 시간은 없을 거다. 다음에 만났을 땐 전장일 테니까."

"걱정 마라."

[크르르르르르…….]

"우린 곧 만날 테니까."

플레임 서펀트가 뜨거운 열기를 코로 뿜어내며 하늘 위로 솟아올랐다.

"정말 이대로 보내셔도 괜찮겠습니까?"

케니스는 사라지는 무열을 바라보며 불안한 표정으로 그에게 물었다.

"후후……. 정말 제대로 당했는데. 짜증이 날 정도로 말이야. 어쩔 수 없지. 녀석이 우리에게 정당성을 내세우니 말이야."

그의 말에 케니스는 고개를 가볍게 저었다. 우려했던 일이 결국 벌어졌다.

"그러니 이제 정당하게 녀석을 상대해 줘야지. 케니스, 내일 아침 모든 병사를 집결시켜."

"그 말씀은……."

휀의 말에 그는 자신도 모르게 긴장된 듯 주먹 쥔 손에 땀이 맺혔다.

"그래, 출전(出戰)이다."

권좌를 노리는 최강자. 그가 정식으로 트라멜을 노리기로 마음먹었다.

"무열 님이시다……!!"

"정말 오랜만입니다!!"

"와아아아아———!!"

한밤의 트라멜은 다른 거점들과 달리 시끌벅적해졌다. 사람들은 저마다 무열의 이름을 외치며 환호했다.

"자세한 이야기는 나중에 듣도록 하죠. 우선은 선미 양의 약물 조합에 필요한 것들부터 준비해 주세요."

"알겠습니다."

무열은 자신을 반기는 이들을 잠시 뒤로하고 자신 때문에 지체되었던 가장 중요한 일을 시작했다.

'휀이 움직이겠지. 게다가 나머지 다른 권세들도 이 틈을 노릴 터. 난전이 되면 앞으로 바빠질 거다.'

그 전에 리앙제의 치료를 최대한 끝내야 했다.

"연기가 잘 빠져나갈 수 있는 공터를 빌려주세요. 약물 조합은 연기가 심해서……. 그리고……."

윤선미가 뭔가를 말하려다 머뭇거렸다.

"주위에 사람들이 오지 못하게 배치하도록 하겠습니다. 걱정 마세요."

무열은 그런 그녀의 생각을 단번에 눈치챘다.

"감사합니다."

"감사는 제가 드려야죠."

"일단 그렇게 준비하겠습니다."

윤선미는 여전히 환호성을 지르며 무열을 반기는 사람들을 바라봤다.

'무슨 일을 했기에 이렇게 사람들이…….'

그녀는 신뢰를 쌓는 것이 얼마나 어려운 일인가를 잘 알았다. 자신이 있었던 곳의 수장인 휀 레이놀즈만을 봐도 충분히 알 수 있었으니까.

'뭔가…… 달라.'

무열을 바라보는 사람들의 시선은 다른 강자들과 달랐다.

그들이 3거점에서 목숨을 구원받았다는 사실을 알 리가 없는 윤선미로서는 그저 신기할 따름이었다.

"그럼……."

"믿을 만한 사람을 몇 명 붙여주세요. 입이 무거운 사람들로."

"알겠습니다. 3거점에서 이곳으로 온 사람들로 미리 준비시켰습니다. 그들은 모두 무열 님을 따르기 위해서 온 거니까요."

강찬석의 일 처리는 빨랐다. 이미 무열의 생각을 눈치챈 듯 윤선미를 도와줄 사람과 그녀의 주변을 지킬 사람들을 선별했다. 그중엔 3거점에서 만났던 김진만도 있어 대열에 서 있던 그가 무열을 향해 아는 체했다.

"트라멜에 도착해서도 무열 님이 알려주신 훈련법대로 훈련을 했습니다. 처음엔 따라오기 힘들었지만 현재 트라멜에 있는 주요 부대의 전투 요원은 대부분 3거점 출신입니다."

윤선미가 준비하러 간 사이에 드디어 무열은 트라멜을 둘러볼 여유가 생겼다.

"선미 양의 보초를 맡긴 병사들도 다들 실력자들이니 걱정하지 않으셔도 될 겁니다."

강찬석은 예전부터 무열의 거처를 생각하고 준비를 했었는지 도시 중심부에 적당한 크기의 집을 만들어 두었다.

그 안으로 들어가고 난 뒤에야 숨을 돌린 듯 강찬석이 무열에게 말했다.

"3거점의 모든 인원을 데리고 오는 건 불가능했지만…… 트라멜에 와서 무열 님께서 지시했던 사항들을 이행하면서 저희들의 선택이 틀리지 않았다라는 걸 알았습니다."

"저보다 사람들을 잘 이끌어주셔서 그런 거죠."

무열은 강찬석을 바라보며 옅은 미소를 지었다. 그는 생각 이상으로 잘해주었다.

어쨌든 3거점의 사람들은 트라멜에선 이방인들이었다. 만일을 대비해 자신의 훈련법을 강찬석에 알려주고 부대원들을 훈련하게 했지만, 힘으로 트라멜을 얻으려 했다면 지금의 인원만으론 불가능한 일일 터였다.

'이곳에 거주하는 사람의 수는 대략 1천여 명. 전투 인원이 적다고는 하지만 싸울 수 있는 사람은 최소 1/3은 될 테니 3거점의 병사들로 제압하기엔 무리가 있다.'

"큰 문제 없이 트라멜에 합류할 수 있게 되어서 다행입니다."

휀은 무열에게 트라멜의 주인이라고 했지만 아직 무열은 스스로 그렇게 생각하지 않는다.

'3거점 때처럼 이곳의 사람들이 나를 따르게 해야 한다.'

신뢰(信賴).

그건 휀만큼이나 무열 역시 결코 버릴 수 없는 요소였다.

'신뢰를 위해 필요한 건 트라멜에 사는 사람들이 원하는 게

무엇인가 하는 것이다.'

이곳은 5대 부족이 살던 남부와 다르다. 구성원들은 세븐 쓰론에 징집된 외지인들이었기 때문에 어찌 보면 더욱 개인 적이고 단합이 되지 않을 수도 있다.

'3거점 사람들이 오기 전 트라멜의 사람들을 통합시킨 인물 이 있을 것이다. 강찬석은 그와의 통합을 성공한 것이겠지.'

무열은 그 사람이 누군지 가장 궁금했다. 어쩌면 강찬석과 는 맞는 그 사람이 자신과는 생각이 다를 수 있을 테니까. 만 약 그렇다면 이미 전장이 시작된 이 시점에서 쉽지 않은 전개 가 펼쳐질 것이었다.

똑똑.

"오셨습니다."

문밖에서 노크 소리가 들리고, 두 사람이 고개를 들었다.

끼이익.

나무로 만들어진 문이 열리자 그 앞엔 2:8로 머리를 정갈하 게 넘긴 한 남자가 서 있었다. 마치 중세 시대에서 튀어나온 것 같은 깔끔한 제복을 입고 있는 남자가 무열을 향해 묘한 미 소를 지었다.

"찬석 님께 말씀 많이 들었습니다."

성큼성큼 걸어 들어오는 남자는 큰 키만큼이나 커다란 손 을 뻗어 무열에게 향했다.

그의 모습을 본 순간, 무열은 예상하지 못했던 일인 듯 놀란 표정을 지었다. 하지만 이해하지 못할 경악스러운 감정이 아닌 오히려 회심의 미소에 가까웠다.

"이분은……."

강찬석이 남자에 대해 설명을 하려 했다. 하지만 무열은 이미 그에 대해서 충분히 잘 알고 있었다.

'그래, 이 남자면 전투 요원이 적어도 1천 명에 가까운 무리임에도 트라멜에서 마찰 없이 살 수 있는 이유가 된다.'

회색빛의 눈동자를 가진 이국적인 남자, 트라멜의 원(原)주인, 교섭술(Negotiation Skill)의 최초 발견자, 거상(巨商)이라 불렸던 S랭커, '라캉 베자스'였다.

'생각보다 거물이 트라멜에 있었군.'

무열은 눈앞에 서 있는 남자를 바라보며 생각했다. 확실히 라캉 베자스는 이강호의 산하에 들어간 인물이다. 어쩌면 이곳에서 그와 이강호의 첫 만남이 이뤄졌던 것일지도 모른다.

"저는 트라멜의 주민들을 대신해서 왔습니다. 무열 님도 아시다시피 지금 트라멜의 밖엔 많은 세력이 있습니다."

"저를 받아주신 것에 대해서 감사하게 생각하고 있습니다."

무열의 존재는 이제 내로라하는 세력들에게 회자될 것이다. 어쩌면 그중엔 휀 레이놀즈처럼 트라멜의 사람들이 무열과 함께하기로 했다고 생각하는 자도 있을지 모른다.

"아직은 아닙니다."

라캉 베자스는 그의 말에 고개를 저었다.

"서운하게 들리실지 모르지만 트라멜의 입장입니다. 무열님을 받아들일지 아닐지는 앞으로 결정을 내릴 일입니다. 저희는 다친 소녀의 치료를 위해서 문을 열어드린 것뿐입니다."

무열은 그의 말에 입꼬리를 올렸다.

"그렇습니까. 그렇다면 그에 대한 배려에 대해 감사드립니다. 리앙제를 치료할 수 있는 장소가 필요했는데 도움을 주셔서."

"별말씀을."

'그래, 쉽지 않은 남자지.'

라캉 베자스.

오직 힘만이 군림할 수 있다고 생각한 세븐 쓰론에서 힘이 아닌 말로써 수많은 강자 사이에서 살아남은 남자다.

그는 교묘하게 그들을 놓고 줄다리기를 하며 유일하게 '교역'이라는 재능으로 상인 조합을 만들어 세력을 키웠다.

'교역을 성공시키기 위해서 필요한 건 상황을 날카롭게 바라볼 수 있는 눈일 터.'

그는 그 눈을 가졌다. 실제로도 이곳에 오기 전 그는 전 세계에 몇 개의 지부를 가지고 있는 무역 회사의 CEO였으니까.

현실에서도 이곳에서도 라캉 베자스는 충분히 '거상'이라는 별칭에 어울리는 남자였다.

"무열 님이 오히려 트라멜에 해가 될 수 있는 존재라면 과감히 저희들은 성문을 열고 다른 세력을 맞이할 겁니다."

"라캉 님! 말씀이 틀리지 않으십니까."

단호한 그의 말에 오히려 강찬석이 당혹스러운 목소리로 외쳤다.

"지금은 전시(戰時)입니다. 하지만 저희는 싸움을 원치 않습니다. 원하는 것은 안전입니다. 미력하지만 제가 트라멜의 대표를 맡고 있는 한 시민들을 위험에 빠뜨릴 생각은 없습니다."

강찬석은 단호한 라캉 베자스의 말에 인상을 구겼다. 그가 생각했던 그림은 이런 것이 아니었으니까.

3거점의 사람들을 이끌고 이곳에 왔을 때 생각했던 것 이상으로 환대를 해주어 강찬석은 쉽게 라캉이 무열을 따르리라 생각했다.

'그가 강찬석을 받아들인 이유는 트라멜을 지킬 병력이 필요했기 때문이겠지.'

라캉의 생각은 적중했다. 많은 수는 아니었지만 3거점의 병사들이 합류하면서 다른 권세의 강자들이 쉽사리 이곳을 공격하지 못하고 있었다.

"걱정 마십시오, 그건."

그리고 무열 역시 그런 라캉의 생각을 읽었다.

"저에겐 제가 트라멜에 도움이 되는 사람이라면 받아들이겠다는 말로 들리니까요."

라캉은 다부진 무열의 대답에 피식 웃었다.

"일단은 계획을 듣도록 하죠."

그는 인벤토리 안에서 커다란 지도를 꺼냈다. 현재 무열이 만들 수 있는 것보다 훨씬 더 정교하고 자세한 지도였다.

'지도 제작 스킬도 수준급인가 보군. 교역에 필요한 스킬들을 완벽하게 가지고 있다.'

이건 기회다.

앞으로 그를 어떻게 이용할 수 있을지 무열은 이미 그 계획을 하나둘 구상하고 있었다.

라캉은 자신이 만든 지도를 펼치면서 그에게 넌지시 물었다.

"지도를 보실 순 있으시겠죠."

"물론입니다."

"다행이군요. 여기가 현재 트라멜입니다. 그리고 위쪽에 휀레이놀즈의 거점이 있는 만추언덕, 그 반대편이 베이 신이 있는 안트언덕입니다. 전세를 내려다볼 수 있는 가장 좋은 위치에 두 세력이 있죠."

그는 트라멜의 앞에 있는 두 개의 언덕을 가리키며 말했다.

탁.

그러고는 작은 블록을 꺼내 올려두었다.

"밑으로 내려오면 필립 로엔의 권세를 포함해서 약 3개의 세력이 더 있습니다. 가장 규모가 큰 세력은 필립 로엔으로 추정 인원은 약 800명입니다."

"베이 신의 세력도 만만치 않습니다. 정찰병에 의하면 약 400명 정도로 보인다고 합니다만, 아직 전투에 참여하질 않아서 랭크를 확인할 수 없다고 하더군요."

강찬석과 라캉이 현재 트라멜의 상황에 대해서 설명하기 시작했다.

'확실히 규모로 본다면 휀 레이놀즈의 권세는 다른 사람들에 비할 바가 못 된다.'

필립의 반의반도 안 되는 150명. 단순히 본다면 달걀로 바위 치는 격일 터.

그럼에도 불구하고 모든 강자가 휀을 견제하는 것엔 다 이유가 있었다.

"밑에 있는 나머지 세 명은 각자 이미 다른 곳에 거점을 구축한 사람들입니다. 케닌, 가리스, 한젠으로 제법 북부에선 이름을 날리던 사람들입니다. 각각 2~300명 정도의 병사를 가지고 있습니다."

라캉이 말을 하다가 뭔가 생각난 듯 손가락을 들어 올리며 말했다.

"아! 오늘 오전에 한젠이 필립 로엔에게 죽었군요. 아마 그의 세력도 필립에게 흡수되었을 테니…… 부대도 더 늘었을 것으로 보입니다."

무열이 지도를 보며 생각했다.

'케닌, 가리스, 한젠. 어차피 기억에 없는 인물들이다. 그들은 이곳에서 죽든지 아니면 다른 권세에 합류하겠지.'

"아마도 두 사람은 남은 세력에 비하면 입지가 약한 편이라……. 한젠의 죽음을 봤으니 트라멜을 포기할 가능성이 높습니다."

"훼, 필립, 베이 신. 삼파전이 될 것이라는 말씀이시군요."

강찬석이 라캉의 설명에 고개를 끄덕이며 말했다.

타악.

이야기를 듣던 무열이 지도 한가운데를 손가락으로 눌렀다.

"그리고 우리까지."

무열은 자신의 존재를 한 번 더 라캉에게 각인시키는 것처럼 목소리에 힘을 주며 말했다.

"이건 단순히 트라멜을 두고 싸우는 전투가 아닌 북부를 움직이는 4강이 한자리에 모였다는 것에 의미를 가집니다."

무열은 빠르게 머리를 굴리기 시작했다.

"정황상 우리가 포위당한 것 같지만 지금 상황은 우리에게도 이점이 있습니다."

무열은 지도 위를 손바닥으로 한 번 쓸듯 허공에서 가볍게 원을 그렸다.

"이들이 연합이 아니라는 것. 그 말은 곧 저들은 서로를 동시에 견제해야 하지만 우리는 그럴 필요가 없다는 것입니다."

즉, 다른 말로 하면 다른 세력들보다 훨씬 더 자유롭게 움직일 수 있다는 뜻이다.

"공격의 용이성. 그건 전투에서 큰 의미를 가집니다."

무열의 설명을 들으며 라캉은 놀랍다는 표정을 지었다.

'기껏해야 스무 살 안팎으로밖에 보이지 않는데…… 마치 전투에 익숙한 듯 보인다.'

그의 생각을 아는지 모르는지 무열은 계속해서 자신의 계획을 말했다.

"전투를 효율적으로 하기 위해서 지리적인 이점이 있는 곳을 차지하는 건 기본 중의 기본입니다. 하지만 그건 대규모 전투에서 보다 큰 의미를 가집니다."

트라멜을 두고 벌어지는 현재 격전은 1천 명이 채 되지 않는 권세들끼리의 전투였다. 절대로 적은 수는 아니지만 이후에 제대로 된 권세가 형성되고 난 뒤의 전투와는 비교할 수 없다.

'곧 있으면 1만, 2만씩 대규모 전투가 비일비재하게 일어난다.'

말 그대로 난세(亂世).

무열은 그 전초전이 바로 이곳임을 잘 알았다.

"무리하게 거점을 빼앗을 필요는 없습니다. 그보다 더 소규모 전투에서 빛을 발하는 작전이 있으니까."

"그게 뭡니까?"

"바로 우두머리의 수를 줄이는 것."

인원이 적다는 것은 그만큼 방어를 하는 적의 수도 적다는 것을 의미한다.

"기습…… 입니까?"

끄덕.

"휀은 절대로 케닌과 가리스 같은 이름 없는 녀석들을 쉽게 받아들이지 않을 겁니다. 기껏해야 150명의 소수 병력이지만 그들은 최소 C랭커. 믿을 수 있는 전력만을 사용하는 게 휀이란 남자의 특성이니까."

무열은 트라멜 앞에 있는 필립 로엔의 진형을 가리키며 말했다.

"하지만 이자는 다르죠. 휀과 베이 신이 내려다보고 있는 언덕 아래라는 지리적인 단점을 극복하기 위해서 항복해 오는 병력을 자신의 세력에 포함하려고 할 겁니다."

수적인 우위.

필립 로엔이 계속해서 전투를 벌이면서도 언덕 위로 올라가지 않는 이유였다.

'창왕(槍王)은 혈기왕성하나 전황을 보는 눈도 뛰어난 남자다. 그는 배후에 적을 등지고 트라멜을 공격하진 않을 거다.'

"그렇다면……."

"한젠의 세력을 흡수해도 부족하다고 여길 겁니다. 지금 3거점의 병력의 랭크가 어떻게 되죠?"

"네, 무열 님께서 말씀해 주신 첨탑에서 랭크 업을 할 수 있는 인원이 50명 정도였습니다. 현재 D랭커가 저를 포함해서 55명, 그리고 나머지는 E랭커입니다."

무열은 강찬석의 말에 고개를 끄덕였다.

보통 이 시기의 수준이 이렇다. 1차 전직을 한 D랭커도 보기 힘든 시점에서 150명의 C랭커는 확실히 두려운 존재니까.

"만약 이런 상황에서 케닌과 가리스의 세력을 흡수하지 못한다면?"

무열이 트라멜 앞에 있던 두 사람의 세력을 표시한 말판을 잡았다.

"필립으로선 언덕 위의 적이 훨씬 더 부담스러울 수밖에 없게 됩니다."

"……."

"그렇게 되면 후퇴를 하든지 아니면 언덕 위의 적과 싸우든지 둘 중 하나를 선택해야 하는 난관에 부딪히게 되겠군요."

라캉이 놀란 표정으로 무열을 향해 말했다.

"약한 적을 줄임으로써 나머지 강한 적까지 처리할 수 있게 된다면…… 그보다 더 좋은 방법은 없겠죠."

무열이 고개를 끄덕였다.

"우리로서는 언덕 위에 적이 있다 한들 공격을 받지 않으면 결국 위협이 되지 않습니다. 우리가 지금 할 수 있는 가장 좋은 수."

사아아악.

그는 지도 위에 올려놓았던 표식을 손바닥으로 쓸어버리며 말했다.

표식들이 바닥에 떨어지며 소리를 냈다.

"트라멜에 주둔하고 있는 세 진형이 사라져 공터를 만드는 것."

무열이 두 사람을 바라보며 말했다.

"그렇게 되면 베이 신과 휀 레이놀즈는 어쩔 수 없이 앞으로 나올 수밖에 없게 되죠."

쿵.

쿠쿵.

심장이 뛰는 소리가 들렸다.

어떻게 해야 이 난관을 헤쳐 나갈 수 있을지 솔직히 걱정되었다. 자신들이 할 수 있는 일이라곤 단지 버티는 것뿐이었으니까.

알게 모르게 트라멜을 지키던 수비군들은 생각하고 있었다.

'저들 중 어떤 세력도 우리가 막을 순 없다.'

불안은 급속도로 요새 안으로 전염되었고 점점 더 커져 갔었다.

꿀꺽.

강찬석은 자신도 모르게 마른침을 삼켰다.

그런 와중에도 3거점 사람들은 포기하지 않은 희망이 있었다.

강무열이 올 것이다.

그것으로 버틸 수 있었다.

이제 그 희망이 점차 현실이 되어감을 느꼈다.

"저희들로…… 할 수 있을까요."

강찬석은 무열의 말에 떨리는 마음으로 말했다.

"아뇨, 트라멜은 움직이지 않습니다."

"……네?"

"여러분이 움직이는 건 나머지 두 세력을 상대할 때입니다."

"그렇다면……."

무열은 라캉 베자스를 바라봤다.

"내가 트라멜에 도움이 되는지를 증명해야겠죠."

조금 전 자신이 했던 말을 그대로 받아치는 무열을 보며 라캉은 흥미로운 눈빛을 빛냈다.

"필립 로엔, 케닌, 가리스."

세 명의 세력을 모두 합치면.

"요새 밖에 있는 1,200명."

무열은 자신 있게 말했다.

라캉 베자스와 강찬석은 순간 심장이 크게 요동치는 느낌을 받았다. 그가 내뱉을 말을 기대하고 있었던 걸지도 모른다.

"나 혼자서 끝내겠다."

"너, 너무 위험합니다!!"

무심코 듣고 있던 강찬석은 무열의 말에 뒤늦게 깜짝 놀라며 소리쳤다.

하지만 이와는 반대로 라캉은 자신만만하게 말하는 무열에게 차분한 어조로 물었다.

"계획이 있나 보군요."

"아무리 무열 님이라도 적의 본진 안으로 단신으로 들어가는 건 말이 안 됩니다. 특히 지금처럼 밤엔 보초들도 있을 텐데……."

강찬석은 불안한 눈빛으로 그를 바라봤다.

"설마…… 도적 계열의 직업을 얻으신 겁니까?"

혹시나 하는 마음에 물어본 것이지만 무열은 그의 발상에 가볍게 웃으며 고개를 저었다.

"아뇨."

"그러면……."

그로서는 아무리 생각해도 말이 되지 않았다. 은신 스킬도 없으면서 최소 200명이 넘는 세력 안으로 무슨 수로 잠입을 하겠다는 말인가.

"알겠습니다. 뭘 준비하면 될까요. 필요한 게 있으면 말씀해 주십시오."

하지만 무열을 믿는다. 강찬석은 걱정되지만 이제 곧 적진 안으로 들어갈 무열을 생각하며 자신이 할 수 있는 최대한의 지원을 준비하려 했다.

"필요한 게 하나 있긴 하네요."

"넵, 가능한 바로 구해다 드리겠습니다."

각오를 다지듯 강찬석이 고개를 끄덕이자 무열은 비어 있는 침대를 가리켰다.

"이불이 없는데."

"……네?"

"밤이 늦었으니 일단은 좀 자야죠."

도무지 무슨 생각인지 예상할 수가 없어 두 사람은 무열을 바라보며 인상을 찡그릴 수밖에 없었다.

"그럼."

정작 당사자인 무열은 여유만만한 모습으로 침대에 걸터앉았다.

"허……."

다음 날 무슨 일이 일어날지 모르는 이런 상황에 잠이라니.

강찬석은 무열이라는 남자를 자신의 잣대로 가늠하려는 게 애초에 불가능한 일이었다는 걸 느꼈다.

"씨발……. 어떻게 하지?"

"그냥 포기하는 게 어떨까요. 한젠도 죽었다잖습니까. 이러다간 모두가 필립 로엔의 아래로 들어갈 수밖에 없습니다."

"뭐? 이 새끼는 지금 내가 그놈보다 밑이라는 말이야? 누가 누구 밑으로 들어가!"

막사 안이 소란스러웠다.

두꺼운 검을 바닥에 찌르며 소리치는 가리스는 자신의 부대장을 잡아먹을 듯 노려보았다.

"아, 아니…… 그게 아니라 인원수가 너무 차이 난다는 뜻입니다. 한젠의 일부 병사가 필립의 권세 안으로 포함되서…… 최소 900명으로 추정된다고 합니다."

"뭐? 왜 그렇게나 불었어? 어제 그렇게 싸웠는데 녀석의 병사는 왜 안 준 거야?"

어느 정도 예상은 하고 있었다.

그러나 800명의 권세라 할지라도 어제 자신들을 비롯한 3개의 연합이 필립을 공격했었다. 한젠의 세력을 먹었다고 하더라도 그 역시 사망자가 만만치 않을 터였으니까. 가리스로서는 납득이 가지 않는 일이었다.

"그게…… 처음 트라멜에 모였을 때만 하더라도 저희 말고도 소규모 세력이 몇 개 더 있었지 않습니까. 어제 전투 결과를 보고 아직 도망치지 않고 주변에 있던 잔당이 모두 필립 안으로 들어갔다고 합니다."

"뭐라고? 이런 박쥐 같은 새끼들……!! 게다가 그 새낀 어제 갑자기 뻗어서 도망쳤잖아!"

"글쎄요……. 베이 신이나 휀 쪽에서 받아주지 않아서 그런 거 아닐까요."

부대장의 설명에 가리스는 주먹을 내려쳤다.

"이대로라면 우리가 절대적으로 불리해……. 뭔가 방법이……."

그때였다.

"대장님."

막사 밖에서 들려오는 부하의 목소리에 가리스는 고개를 들며 신경질적으로 소리쳤다.

"무슨 일이야? 회의하고 있는 거 안 보여!"

"그게…… 케닌의 권세에서 지금 사신이 왔습니다."

"뭐?"

가리스는 그 말에 눈썹을 찡그렸다.

한젠, 케닌, 가리스.

세 사람은 암묵적으로 타결했던 연합이었다. 누가 봐도 필립 로엔부터 잡지 않으면 자신들에게 방법이 없다는 걸 잘 알았으니까.

"하긴……."

부하의 말에 그는 고개를 끄덕이며 입꼬리를 슬며시 올렸다.

"그놈도 급하긴 마찬가지겠지. 이제 진짜 발등에 불이 떨어졌으니까."

이제 아침이다. 곧 전투가 또다시 시작될 것이다. 그 전에 두 세력의 연합만큼은 굳건하게 다져야 한다. 지금처럼 얼굴도 제대로 알지 못한 채 눈치로 이뤄지는 동맹이 아니라 말이다.

어쩌면 이건 기회.

가리스는 서둘러 막사 밖을 향해 소리쳤다.

"어서 들여보내."

촤르르륵.

막사의 문이 열리고 한 남자가 들어왔다. 특이하게 잘 사용하지 않는 크기가 다른 두 자루의 검을 차고 있었다.

"역시."

남자는 예상했다는 듯 고개를 끄덕였다.

"누가 봐도 전투를 해보지 않은 사람답군."

"뭐?"

"말 한마디에 이렇게 쉽게 보내주다니 말이야. 심지어 무장도 해제하라는 말도 없이."

"무슨……!!"

그 말에 막사 안에 있던 부하들이 그를 노려보았다.

"새끼들아, 맞는 소리잖아. 네놈들은 영화도 안 봤냐? 기본 중의 기본이잖아."

그러나 정작 가리스는 자신의 옆에 있는 부대장의 뒤통수를 때리며 말했다.

"하여간, 새끼들. 회사에 있을 때부터 어리바리하던 놈들 불쌍해서 같이 데리고 다녔더니. 뭐 해! 쪽팔리게 하지 말고 얼른 시켜!"

부대장은 붉으락푸르락하는 얼굴로 막사에 있는 부하들을

향해 눈짓을 줬다.

'젠장……. 상사일 때부터 지랄이더니. 하필 떨어져도 저 인간하고 같이 떨어질 게 뭐람. 지도 몰랐으면서.'

하지만 그런 말을 대놓고 할 수 없었다. 어쨌든 이곳에 있는 사람 중 가장 강한 존재였으니까.

그 모습을 보면서 무열은 피식 웃었다.

이해는 한다. 회귀를 했다지만 그래 봤자 이제 고작 세븐 쓰론이 열린 지 1년이 조금 안 되는 시간이 흘렀을 뿐이다. 인류는 아직 새로운 세계를 받아들일 준비가 되지 않은 것이다.

현실에서의 상하관계가 아직도 존재하며 전쟁보다는 평화에 더 익숙한 사람들이다. 저 멀리 다른 나라에서 피 튀기는 전쟁하고 수많은 사람이 동시대에 죽어 나가도 TV 속에서의 일일 뿐. 정작 자신과 상관없으면 죽어가는 모습을 아무렇지 않게 보니까.

아니, 그런 관심조차 없다. 그러니 눈앞의 정체불명의 사람을 두고도 이렇게 여유로울 수 있는 것일지 모른다.

'진짜 전쟁을 겪어봤다면 절대로 이렇지 못하지.'

무열이 자신의 어깨를 잡은 부하 둘을 한 번씩 훑어보았다.

"이렇게 두 발로 당당히 본진 안으로 들어올 수 있는데 굳이 기습할 필요 없지."

그러고는 가리스를 바라보며 피식 웃었다.

하지만 정작 막사 안에 있는 사람들은 그의 말이 무슨 의미인지 이해하지 못하는 것 같았다.

"가져가마."

스르릉.

무열의 검이 빠른 속도로 뽑혔다.

그 광경에 막사 안에 있던 부하들이 황급히 자신의 무기를 꺼내려 일어섰다.

좌즈즈즈즈즉……!!

하지만 그것보다 더 빠르게 무열의 검면이 부하의 목에 닿는 순간 흘러나온 전격으로 녀석들을 마비시켰다.

"커…… 커……."

비명조차 지를 수 없을 정도의 빠르기.

부하들은 저마다 부르르르 떨다가 결국 바닥에 고꾸라지고 말았다.

서걱.

조금 전까지만 하더라도 수다스러웠던 부대장의 목이 떨어지며 단 일합의 움직임으로 무열이 가리스의 목전 앞으로 다가섰다.

"이…… 이 새끼!!"

가리스는 부들부들 떨리는 손으로 주먹을 쥐며 무열을 향해 소리쳤다.

하지만 이미 승부는 났다는 걸 잘 안다.

반응은커녕 바닥에 놓은 검을 뽑지도 못한 채 무열의 검이 자신의 목에 닿아 있었으니까.

"전투를 하는 놈들이 무기를 몸에서 떨어뜨려 놓고 있다니. 들고 다니지 못하겠으면 최소한 인벤토리 안에라도 넣어둬야 하는 게 상식이다."

무열과 같은 D랭커임에도 불구하고 그 차이는 극명했다. 자신의 등급보다 한 단계 위인 칸을 찍어 누른 사람이었다.

가리스는 그가 자신을 향해 다가오는 것을 바라볼 수밖에 없었다.

살려달라는 말조차 할 수 있는 기회가 없었다.

서슬 퍼런 뇌격이 그의 목에 닿자.

화르르륵……!!

뜨거운 열기와 함께 그의 시야가 붉은 화염으로 뒤덮였다.

서걱.

"오늘부터 가리스의 권세는 끝이다."

그의 목이 바닥으로 떨어졌다.

무열은 그 머리를 들어 올리며 굳어버린 부하들을 향해 말했다.

"앞으로 내 눈에 띄는 자가 있다면 죽이겠다. 모두 트라멜을 떠나라."

그의 목소리는 낮았지만 그 말은 귀에 정확히 박혔다. 순식간에 대장과 부대장을 잃었다. 이 상황에서 그들이 할 수 있는 게 무엇이겠는가.

무열은 붕대로 사용하는 두꺼운 천으로 잘린 머리를 칭칭 감고는 아무 일 없었다는 듯 두 발로 다시 거점을 가로질러 갔다.

"······."

누구 하나 무열을 막으라는 소리를 할 수 없었다. 그의 말은 진짜였으니까.

벼락같이 일어난 일.

부하들은 뒤늦게 무열이 사라지고 난 뒤에야 자신의 아랫도리가 축축하게 젖어가는 걸 느꼈다.

"왜 이렇게 소란스러워?"

필립 로엔은 전투준비를 해야 할 시점에서 거점 주변이 소란스러운 것을 느끼며 밖을 내다봤다.

"무슨 일이야?"

병사들이 모두 뭐에 홀린 듯 고개를 위로 향하고 있었다. 필립은 자신이 나타났음에도 불구하고 반응이 없는 그들이 어이없는 눈빛으로 바라봤다.

"대…… 대장님!!!"

뒤늦게 그의 존재를 알아차린 병사 한 명이 황급히 그에게 경례했다. 하지만 막상 막사 밖으로 나온 뒤에 필립조차 병사의 말이 귀에 들리지 않았다.

"너……!!"

필립 로엔의 얼굴이 구겨졌다. 상공 위, 불꽃을 뿜어내는 플레임 서펀트를 타고 당당하게 서서 자신을 바라보며 웃고 있는 저 남자를 어떻게 잊을 수 있겠는가.

"다시 보는군."

어제 전장에서 자신을 기절시켰던 남자.

"……강무열."

필립 로엔이 손을 뻗었다. 그러자 흑색의 창이 그의 손에서 생성되었다. 무열은 그 모습을 보며 가볍게 웃었다.

"그래도 앞의 두 녀석보다는 낫군."

"……뭐?"

자신의 모습을 보자마자 경계를 한다는 것. 물론 그전에 자신과 격전을 벌였던 경험이 있기 때문이겠지만, 적어도 800명이 넘는 병사가 있는 거점의 대장이라면 이래야 했다.

툭.

그때였다. 서펀트 위에서 떨어지는 두 개의 물체. 바닥에 부딪히며 충격으로 풀어 헤쳐진 천 안으로 보이는 것.

"……!!!"

두 사람의 목.

필립 로엔은 그게 누군지 단번에 알았다.

"서, 설마."

"저거……."

그건 병사들도 마찬가지였다. 오늘 싸워야 할 대상이 시체가 되어 나타났으니 놀라지 않을 수 없었다.

"이게 무슨 의미인지 넌 알겠지."

무열이 그를 향해 말했다.

"이미 두 녀석의 병사들은 흩어졌다. 트라멜 앞마당에 남은 사람은 너뿐이라는 거지."

그 말에 필립의 얼굴이 구겨졌다. 자신의 계획이 완전히 틀어져 버렸다는 거니까.

"필립 로엔, 너에게 두 가지 선택권을 주겠다."

"……뭐?"

무열이 지면으로 내려오자 수많은 병사가 있음에도 불구하고 자신도 모르게 한 발자국 물러섰다.

"가만히 있어!!"

그 모습을 본 필립 로엔이 외쳤다.

"기껏해야 놈은 하나다. 여기가 내 권세 안이라는 걸 잊지 마라.”

자신의 병사들을 독려하는 모습을 보며 무열은 그래도 창왕이라는 이름에 오를 남자라고 생각했다.

하지만 그건 몇 년이 지난 후, 그의 창술이 완성되고 산전수전을 겪으며 노련해진 뒤에나 가능한 일. 아직은 애송이다.

무열이 그의 앞에 두 손가락을 펼쳤다.

“하나, 권좌를 포기하고 내 밑으로 들어올 것. 대신 순순히 물러난다면 네가 완성하지 못한 흑참칠식(黑斬七式)의 후반부를 얻을 수 있는 방법을 알려주겠다.”

“……!!!”

필립 로엔은 무열의 말에 놀란 눈으로 그를 바라봤다.

“그걸 네가 어떻게…….”

자신이 얻은 1차 클래스는 첨탑 1층에서 얻은 특색이 없는 창병에 불과했다. 하지만 우연한 기회로 배운 창법과 스승으로부터 물려받은 돌격창, ‘흑참(黑斬)’으로 단번에 북부의 강자에 오를 수 있었다.

그러나 그런 그에게 남모를 불안함이 있었다. 바로, 그의 스승조차 일곱 초식으로 이뤄진 창술 중 3개밖에 알지 못했다는 것.

무열의 입에서 흑참칠식이란 단어가 나오자 자신도 모르게 심장이 내려앉는 기분이었다. 그건 자신의 수하들조차 알지 못하는 일이었다.

"내가 네 말을 어떻게 믿지?"

필립 로엔이 창을 들어 올리며 무열을 향해 말했다.

확실히 매력 있는 제안이었다. 하지만 반대로 생각하면 그는 자신의 비밀을 알고 있는 자다. 자신의 유일한 약점을 안다는 뜻. 그렇다면 차라리……

'죽여 버리자.'

그의 머릿속에 가장 먼저 든 생각이었다.

"그래, 그럴 수 있지."

마치 필립 로엔의 생각을 읽기라도 한 듯, 800명의 병사가 보는 앞에서.

쾅아아앙———!!!!

"……컥?!"

굉음과 동시에 필립 로엔이 충격을 버티지 못하고 바닥에 주저앉으며 무릎을 꿇었다.

"그래서 두 번째 선택지가 있다. 아니면 여기서 나에게 죽는 것."

"이…… 이익!!"

흑참의 손잡이가 부러질 것처럼 휘었다. 있는 힘을 다해 들어 올렸지만 어깨 위에서 간신히 버티는 것이 고작이었다.

무열이 흑참의 손잡이를 따라 뇌격을 스르륵 밀었다.

툭.

그러고는 검날의 옆면으로 필립 로엔의 뺨을 가볍게 때렸다.

가벼운 충격이었지만 그의 등골에 서늘한 땀이 흘러내리는 기분이었다.

"그러니 이제 믿게 만들어주지."

29장
트라멜 공성전

"대, 대장님!!!!"

필립 로엔이 무릎을 꿇는 순간.

"모두 공격하라⋯⋯!!

그 상황을 지켜보던 부대장 테일러는 황급히 손을 들어 올리며 병사들을 향해 외쳤다.

촤아아악--!!

무열의 주위를 둘러싸고 있던 궁수들이 일제히 화살을 당겼고 그 앞으로 창병들이 늘어섰다.

"빠르군. 좋은 부대다, 필립."

적들에게 둘러싸여 있음에도 불구하고 무열은 오히려 그의 부대를 칭찬했다.

아직은 어젯밤의 일을 모르는 아침.

만약 저들이 무열이 휀 레이놀즈의 권세 안에서도 당당하게 나왔다는 것을 알면 이렇게 공격할 생각도 하지 못했을 것이다.

아니, 단 한 명을 제외하고.

"멈춰―――!!!!!"

필립 로엔의 이마에 핏대가 선명하게 일었다. 붉으락푸르락하는 얼굴로 그가 무열을 아래에서 위로 노려보았다.

그는 설령 무열이 어젯밤 휀 레이놀즈와 만났다는 것을 안다 하더라도 싸웠을 것이다.

'지더라도 싸워야 하는 이유를 안다. 마음에 드는군. 역시 이강호가 얻으려고 노력했던 자답다.'

한 세력의 수장이라는 자리. 그건 피하고 싶은 일을 모두 피하고, 얻고 싶은 것을 모두 얻기만 하는 자리가 결코 아님을 필립 로엔은 알고 있다는 뜻이다.

카아아앙⋯⋯!!

있는 힘껏 창대를 비틀자 흑참의 창극이 기묘하게 꺾이며 무열의 검을 튕겨냈다.

"후우⋯⋯ 후우⋯⋯."

필립은 그 틈을 놓치지 않고 재빨리 뒤로 물러서며 자신의 거리를 만들었다.

"모두 그 자리에 있어라. 저 녀석은 내가 상대한다."

"하…… 하지만……."

테일러는 필립의 말에 뭔가 말을 하려다가 말았다. 이미 그가 하고자 하는 뜻이 뭔지 눈치챘기 때문이다.

"알겠습니다."

테일러는 고개를 끄덕이고는 손을 들어 병사들을 향해 저었다. 그는 세븐 쓰론 이전 현실에서부터 오랫동안 필립 로엔을 모셨다.

'귀족의 명예.'

현대를 살아가는 지금 그게 무의미하게 느껴질지 모르지만 오히려 이런 세계에 와서 젊은 필립의 권세 아래 사람들이 모이는 이유가 이것 때문일지도 모른다.

영국 로엔가문.

집사이자 그의 든든한 지원자인 테일러는 대대로 유서 깊은 기사(騎士) 가문인 로엔가에서 태어난 외동아들인 필립이야말로 권좌에 가장 어울리는 남자라 믿어 의심치 않았다.

"모두 물러나라."

테일러의 말이 떨어지자 병사들은 자리를 넓혀 필립과 무열이 있는 곳에 공간을 만들었다.

'고작 단신으로 쳐들어온 적을 잡기 위해 병사들을 움직인다는 건 그의 자존심이 용납할 수 있는 일이 아니다. 게다가 병사들의 사기에도 문제가 될 게 분명하겠지.'

필립의 결정은 탁월했다. 자신들이 따르는 대장의 뛰어난 무용(武勇)을 볼 수 있다면 그보다 더 병사들을 고양시킬 수 있는 좋은 방법은 없을 것이다.

단, 그 상대를 이길 수 있어야 하겠지만.

휘이이이익…….

바람이 한차례 불었다.

'집중하고 있군. 어제는 그가 방심해서 가능한 일이었지만…… 흠, 이번엔 죽이지 않고 끝내려면 꽤나 까다롭겠어.'

자세를 잡고 온 신경을 자신에게 집중하고 있는 필립을 바라보며 무열은 생각했다. 그렇다고 못한다는 생각은 전혀 없다.

"아까운 인재니까."

무열의 말뜻을 이해하지 못하는 필립은 그가 자신을 무시하고 있다고 느꼈다.

그 한마디가 필립 로엔의 분노에 불을 지폈다.

"흐아아아!!!"

날카로운 외침과 함께 흑참의 날이 검게 물들기 시작했다.

흑참칠식(黑斬七式) 제1식-육섬(六閃).

그가 창왕이라는 이름으로 불리게 되던 시절 그가 가장 즐겨 사용했던 절기.

무열도 그가 1식을 펼치는 걸 수없이 봐왔었다.

빠르게 쇄도하는 여섯 번의 찌르기.

전장에서 돌진하는 그의 창 앞에 수많은 사람이 죽었다.

촤르르륵……!!!

두 손바닥을 마주한 채로 한 손은 위로, 다른 한 손은 아래로 비비듯 쳐 내자 흑참이 공중에서 빙그르르 몇 바퀴 가로로 회전했다. 마치 드릴처럼 나선으로 회전하던 창의 끝을 잡으며 필립이 무열을 향해 찔러 들어갔다.

"흡!"

무열이 숨을 멈췄다. 뇌격과 뇌전으로 자신의 급소를 치고 들어오는 흑참의 궤도를 검날로 비껴 쳤다. 그와 함께 이번엔 무열이 몸을 돌려 필립의 거리 안으로 치고 들어왔다.

타앗-!!

공중으로 한 바퀴 뛰어오르며 뇌격과 뇌전을 엑스 자로 교차시켰다가 있는 힘껏 그었다.

차가가가각-!!!

"큭?!"

"으으윽……!!"

검날이 부딪히는 날카로운 소리가 터져 나오자 주변에 있던 병사들이 귀를 감싸며 주저앉았다.

비연검(飛軟劍) 2식.

지그재그로 어긋나게 쏟아지는 검격들이 공중에서 필립을 향해 날카롭게 파고들었다. 필립의 뺨과 어깨 여기저기에 베인 상처가 생겨났지만 그럼에도 그는 개의치 않았다.

"흐아아압!!!"

필립 로엔이 머리 위로 창을 들어 올려 원을 그리듯 회전시키며 무열의 공격을 막았다.

챙!! 채챙!!!

필립 로엔과 무열의 공방은 쉴 틈 없이 이어졌다. 어제와는 달리 온 신경을 무열에게만 집중하고 있는 필립은 마치 복수라도 하려는 듯 생각 이상의 무력을 펼쳤다.

타앙-!!

타다당---!!!

두 개의 날이 부딪히며 불꽃이 사방으로 번쩍거렸다. 무열의 몸이 휘청거렸다. 공격 하나하나가 모두 위협적이고 날카롭다.

병사들은 넋이 나간 얼굴로 둘의 공방을 그저 지켜볼 뿐이었다.

스악-!!

무열의 검이 필립의 어깨를 살짝 베고 지나갔다. 그 와중에 허리를 꺾어 치명상을 피한 필립도 대단했지만 공격이 실패함과 동시에 반대쪽 소검으로 무열이 그를 지나치는 순간 허리를 베었다.

"큭!!"

처음으로 필립의 입에서 탄성 같은 비명이 터져 나왔다.

"크아아!!"

그럼에도 불구하고 그는 자신의 창을 끌어당기듯 잡아당기면서 또다시 창술을 펼쳤다.

흑참칠식(黑斬七式) 제3식−쌍극(雙戟).

창두가 크게 휘면서 창극이 마치 두 개가 된 것처럼 기묘한 창로로 무열의 양쪽으로 날아들었다. 필립 로엔이 습득한 창술 중에서도 가장 변화무쌍한 3식이었다.

그러나.

자신을 향해 날아드는 창을 바라보며 무열은 생각했다.

'느려.'

필립 로엔의 힘이 빠지지 않았다면 막는 것이 어려웠을지도 모른다. 그러나 수십 차례 그와 공방을 이어간 뒤에 상처까지 입은 필립 로엔의 공격은 눈에 띄게 속도가 떨어졌다. 어쩌면 그것을 감추기 위해 가장 화려한 공격을 펼친 것일지도 몰랐다.

카그극!! 카가가가각−−−!!

무열이 아닌 다른 상대였으면 그의 공격이 먹혔을 수도 있다. 하지만 미래의 필립이 싸우는 모습을 봤던 무열에겐 지금 그의 창술은 터무니없을 정도로 허술해 보일 뿐이었다.

물론 두 사람의 실력 차이가 있었기 때문에 그것을 볼 수 있었기도 하지만.

서걱.

무열의 뇌격이 필립의 어깨에 박혔다.

촤즈즈즈즉……!!

그와 동시에 날카로운 전격이 검날을 통해 필립의 전신을 휘감았다.

"크아아악!!"

흘러들어 오는 전격에 고통스러워하는 그의 비명이 거점 안을 가득 채웠다. 칼에 베이는 고통은 어느 정도 참을 수 있다 하더라도 맨몸으로 전격을 맞는 건 근력이나 체력이 아무리 높아도 소용없었으니까.

더욱이 현시점에서 내성력을 가진 사람은 거의 없다. 아니, 그런 특성이 있는지조차 모르는 사람이 태반일 것이다.

부르르르…….

필립 로엔의 몸이 심하게 떨렸다. 무열은 거기서 멈추지 않았다. 어깨에 박힌 검을 뽑으면서 뇌전을 집어넣고 뇌격을 양손으로 잡고서 있는 힘껏 그를 향해 베었다.

강검술(强劍術) 2식.

"안 돼!!!"

"대장님!!!!"

그 모습에 테일러와 병사들이 비명을 질렀다. 그러나 그들이 반응을 하기도 전에 이미 무열의 검이 커다란 굉음을 터뜨렸다.

콰아앙———!!!

"죽여 버리겠어!!"

"모두 공격하라——!!!"

"와아아……!!!"

그 광경을 지켜본 병사들이 일제히 무열을 향해 달려들려고 했다.

그러나 그 순간.

"……멈춰."

필립이 힘없이 말했다.

죽은 줄 알았던 대장의 목소리가 들리자 병사들의 발걸음이 그 자리에서 멈췄다.

"네놈……."

그는 화가 난 얼굴로 자신을 내려다보는 무열을 향해 고개를 들었다.

"봐준 거냐."

툭.

필립이 흑참을 떨어뜨렸다.

죽을 수도 있었다. 하지만 무열은 그를 검날이 아닌 검면으로 내려쳤다. 목숨은 건졌지만 더 이상 창을 잡을 힘이 남아 있지 않았다. 어깨가 부서진 듯 그는 두 팔을 축 늘어뜨렸다.

어깨 위에 올려놓은 검, 그리고 무릎을 꿇은 채로 무열의 앞에 있는 자신.

굴욕적이지만 마치 왕에게 충성을 맹세하기 위해 무릎을 꿇은 기사 같은 모습이었다.

"만약 네가 흑참칠식의 나머지를 모두 습득했다면…… 쉽지 않았겠지."

"제길……."

눈앞의 상대는 끝까지 유혹적인 말을 내뱉었다.

필립 로엔은 그 말에 자신도 모르게 헛웃음을 짓고 말았다.

"끝까지 그 말이로군. 강해지고 싶다면 네 밑으로 들어가라……. 이건가."

"글쎄. 선택은 언제나 스스로의 몫이니까."

"능구렁이 같은 놈."

무열은 그 말에 가볍게 웃었다. 자신도 그 말을 휀에게 하지 않았던가.

그가 천천히 고개를 숙여 필립 로엔에게 뭔가를 말했다.

"……."

그 순간, 무열의 말을 듣던 필립 로엔의 표정이 순간 꿈틀거렸다.

"네가 원하는 건 거기에 있다."

그의 귓가에서 얼굴을 떼며 무열이 묘한 웃음을 지었다.

"······그게 정말이냐."

무릎을 꿇은 채로 필립이 고개를 들었다.

"물론."

천천히 고개를 끄덕이자 그의 눈동자가 흔들렸다. 조금 전과는 다르게 고민하는 기색이 역력한 모습. 무열은 그 반응이 당연하다고 생각했다.

"확인을 하고 나서 나에게 돌아와도 좋다. 어차피 그건 흑참칠식의 전반부를 익힌 사람에게만 유용한 거니까."

필립 로엔의 무열을 바라보는 눈빛이 달라졌다.

자신은 대결에서 패배했다. 무열이 손을 내밀었지만 자신은 그의 밑으로 들어가겠다고 얘기하지 않은 상태. 그런데 무열은 자신이 그토록 염원하던 창술의 고서가 있는 위치를 말해주었다.

'과연······ 나라면 그렇게 할 수 있을까.'

오히려 그것을 가지고 거래를 했을지 모른다.

'하지만······.'

그렇게 해서는 결코 절대적 충성을 얻을 수 없다는 걸 안다. 기사 가문으로서 아직까지 군에 몸을 담고 있는 그였기 때문에 느낄 수 있는 부분이었다.

"……내가 졌다."

필립 로엔은 결국 고개를 떨구며 말했다.

그 모습을 바라보며 무열은 생각했다.

'됐다. 창왕은 이강호의 다섯 제자 이외에 그의 권세에서 가장 강력한 조력자 중의 한 명이었다. 당장에 내 사람이 되지 않더라도 그가 나를 생각하게 만든다면…….'

현재로서 그보다 더 큰 힘이 될 사람은 없었다.

윤선미와 강찬석, 그리고 필립 로엔까지. 무열은 자신의 권세가 점차 더 단단해지고 있다는 것을 느꼈다. 그리고 그것이 곧 권좌에 한 발자국 더 다가가고 있음 역시.

꽈악.

주먹을 움켜쥔 그때였다.

"대장님!!"

언덕을 정찰하던 정찰병의 다급한 목소리가 저 멀리서 들려왔다.

"언덕에서 움직임이 포착되었습니다!!"

두두두두두……!!!

빠르게 진동하는 땅. 고개를 돌리자 언덕 양쪽에서 수백 명의 사람이 동시에 내려오고 있음을 알 수 있었다.

"모두! 전투준비!!"

필립 로엔이 외쳤다.

"어떻게 할 생각이지? 당신은."

거점 안에 분주해지기 시작했다. 병사들을 일제히 자신의 자리로 돌아가고 있었다.

'역시…… 움직인 건가.'

휀 레이놀즈와 베이 신. 두 사람은 무열의 계획대로 되도록 가만히 지켜보고만 있지 않았다.

예상은 한 일이다.

하지만…….

무열의 표정이 좋지 않았다.

'아직 빨라.'

조금 더 시간이 필요했다. 필립 로엔과의 일을 마무리하고 다른 두 세력에 대비하기 위해서 혼자 움직인 것이다. 그러나 그들은 한 치의 망설임도 없이 언덕이라는 이점을 포기하고 내려왔다. 그만큼 위기라는 걸 두 사람은 직감한 것이다.

'재정비할 시간이 필요한데……. 필립의 병사만으로 두 사람을 막을 수 없다. 트라멜과 연락을…….'

그 순간.

"……!!!"

새하얀 안개가 점차 거점 주변을 에워싸기 시작했다. 마치 그들의 존재를 감추려는 것처럼.

"이건……."

차가운 안개 속 수분을 손끝으로 만지자 무열의 머릿속에 한 명의 얼굴이 떠올랐다.

"와…… 지켜봤는데, 여전히 무모하네. 아니, 이건 대단하다고 해야 하나. 천 명이 넘는 사람을 혼자 상대하려고 하다니. 진짜 못 산다니까."

익숙한 목소리.

"하…… 하하."

더욱 짙어진 안개 속에서 들리는 그 목소리에 무열은 자신도 모르게 웃고 말았다.

'너로군.'

정말로 절묘한 타이밍이 아닐 수 없었다.

강찬석과 함께 트라멜에서 만나자고 했던 또 한 명.

"오랜만이다."

무열이 그의 이름을 불렀다.

"최혁수."

두두두두두……!!

지축을 울리는 백여 명의 병사의 발걸음 소리가 언덕 아래에서 들려왔다. 하지만 그 정도 숫자치고는 소리가 너무 컸다.

"대장님."

"그래, 역시 그도 움직이는군."

옆을 바라보자 맞은편 언덕에서 내려오는 베이 신의 병력이 보였다.

'몇 시간이 채 안 됐는데 트라멜 앞마당에 있던 두 세력이 와해됐다.'

"강무열."

그자가 아니라면 전황이 이렇게 급변했을 리 없다. 휀은 마지막 필립 로엔의 권세에서 일어나는 소란을 포착하고 한 치의 망설임 없이 부대를 움직였다.

'윤선미를 데리고 갔으니 그 꼬마에게 신경을 쓸 수밖에 없는 상황이라 생각했는데…… 그런 와중에도 전투에 눈을 떼지 않고 있었다는 말인가.'

휀은 무열이 트라멜로 떠난 뒤 그가 리앙제의 치료에 발이 묶여 있을 때를 노려 공격하려 했었다. 하지만 예상과 달리 하루도 채 되지 않아 무열이 움직인 것이다.

자신의 생각을 뛰어넘는 그의 행동에 휀은 입술을 깨물며 생각했다.

"……!!"

그때였다. 트라멜 앞에 주둔하고 있던 필립 로엔의 권세가 갑자기 새하얀 안개로 뒤덮이고 있었다.

"이게 무슨……?!"

"모두 멈춰!!"

안개의 범위는 급속도로 퍼지기 시작했다. 필립의 거점에서 시작된 그것은 점차 휀과 베이 신의 시야마저 가릴 정도로 트라멜 일대 거의 대부분을 감쌌다.

휘이이익---!!!

바람을 타고 안개가 마치 파도처럼 휀의 진형에 몰려왔다. 차가운 습기에 모두가 얼굴을 가렸다.

"마법……?"

순식간에 한 치 앞도 보이지 않는 상황이 되자 케니스가 불안한 듯 말했다.

"아니, 이건 마법이 아니다. 유니크 클래스가 아닌 이상 마법을 쓸 수 있는 사람은 없어. 지금까지 알려진 사람은 기껏해야 안톤 일리야뿐이다."

휀은 안개를 손으로 쓰윽 훑으며 동요하지 않는 모습으로 말했다.

"그럼……?"

"이건 진법(陣法)이다."

케니스의 물음에 휀은 날카롭게 눈을 흘겼다.

'필립의 권세에 환술사를 가진 사람이 있나? 아냐, 그렇다

면 처음부터 진법을 썼겠지…….'

내릴 수 있는 결론은 하나.

'설마 이것까지 강무열의 짓인 건가.'

빠득.

그는 자신의 계획이 완전히 틀어졌음을 깨달았다. 높을 손을 들어 올리며 외쳤다.

"모두 진형을 유지해라! 기껏해야 녀석들의 랭크는 우리에 미치지 못한다. 각 조를 지키면 습격에 대응할 수 있다!!"

휀의 외침에 여기저기에서 대답이 들렸다. 아직까지 자신의 병사들이 흔들리지 않고 있다는 것을 확인하며 그는 생각했다.

'환술이라……. 정말 넌 내 예상을 몇 번이나 뛰어넘는군. 하지만 안개 속에서의 기습은 숙련된 자라도 쉽지 않다.'

스앙!!

휀 레이놀즈가 자신의 검을 뽑아 안개를 베자 날카로운 파공성이 들렸다.

그의 주위에서 알란, 케니스, 칸 세 명의 가신이 공격 준비를 했다.

"좋아, 어디 와봐라!! 오히려 너희들을 잡아먹어줄 테니까."

콰아아아앙---!!!

그때였다. 안개 속 어딘가에서 굉음이 터져 나왔다.

"와아아아!!"

"크악!!"

그와 동시에 들려오는 비명과 함께 병장기가 맞부딪치는 소리가 사방에서 들려오기 시작했다.

'역시……!!'

휀은 강무열의 병사들이 이 안개를 틈타 공격하고 있다고 확신했다.

"모두 공격하라!!!"

촤아악……!!!

그의 명령이 떨어지자마자 사방으로 휀의 가신들이 부채를 펼치듯 튀어 나가며 주위의 병사들을 베기 시작했다.

"비겁한 녀석들, 이런 짓을……!"

처음부터 무열이 마음에 들지 않던 알란은 인정사정없이 병사들의 목을 베며 말했다.

"역시…… 그때 놔주는 게 아니었어. 이번에야말로 내가 그놈의 목을 따버리겠어."

난전 상황임에도 불구하고 알란에게 공격을 가할 수 있는 병사는 없었다. 오히려 날카로운 그의 몸놀림은 안개에 가려진 이런 상황에서 빛을 발했다.

"후읍……!"

가신들이 사라지고 홀로 남은 휀은 자신의 검을 천천히 들어 올렸다.

처억.

호위를 남겨두지 않았다는 건 그만큼 위험하다고 볼 수 있지만 반대로 생각하면 그는 자신의 실력을 그만큼 믿고 있다는 의미였다.

"아아악!!!"

서걱.

촤르륵———!!!

자신을 향해 날아오는 창을 피하며 휀이 깔끔하고 날카롭게 검을 그었다.

단 일합.

하지만 그의 주변에 흩뿌려진 피는 하나가 아니었다.

휀은 자신을 공격하려고 뛰어들었던 적의 시체를 바라보며 낮은 목소리로 중얼거렸다.

"병사들의 실력은 예상대로군."

습격의 시작은 성공적일지 모르지만 그는 트라멜에 오기 이전에 권세 안의 모든 병사를 C랭커로 만들고자 한 자신의 판단이 옳았다고 느꼈다.

'계란으로 바위 치기다. 전략이 아무리 뛰어나도 그 자체가 강하다면 아무런 소용없지.'

휀은 환술사를 상대로 싸워본 적은 없지만 어느 정도의 확신은 있었다.

'진법이 언제까지 유지되는지 정확히는 모르지만 무한한 것은 아닐 거다.'

굳이 먼저 공격할 필요가 없다. 섣불리 움직일 필요도 없다. 공격을 해야 하는 자는 밖에 있는 적이니 오히려 그들이 더 선택지가 적다.

'안개가 사라지는 순간이야말로 반격의 때이다.'

휀은 검을 고쳐 쥐며 말했다.

"기다려라."

후우욱-!!!

그때였다. 지금까지와는 다른 묵직한, 바람이 갈리는 소리가 들렸다.

"······!!!"

휀은 황급히 자신의 검을 세로로 들었다.

콰아아앙---!!!!

순간, 그의 몸이 휘청거리며 공중에 떠올랐다.

늪지뱀을 사냥하고 얻은 C급 레어템인 그의 비늘검의 검날이 마치 부러질 듯 휘었다.

'강무열인가!'

가까스로 중심을 잡았지만 뒤로 주르륵 밀려 나갔던 휀은 조금 전 공격이 들어왔던 방향을 노려보며 생각했다.

'직접 움직였다.'

그러면 충분히 그럴 수 있었다. 그의 성격상 당연히 권세에서 가장 강력한 그 스스로가 이곳에서 공격을 주도할 테니까.

"잘됐어. 기다릴 필요도 없군."

칸과의 격돌에서 무열의 무용은 충분히 보았다. 그는 분명 강자다. 하지만, 휀은 자신의 실력을 믿었다.

후우우욱……!!

다시 한번 안개가 뒤틀렸다. 조금 전과 달리 경계를 하고 있던 휀은 그 변화가 일어나자마자 한 치의 망설임도 없이 검을 그었다.

콰가가각……!!

강렬한 두 힘이 부딪히면서 터져 나는 굉음과 동시에 그곳의 안개가 폭발하며 사라졌다.

아주 잠깐이지만 주위의 안개가 걷히며 눈앞에 상대를 볼 수 있었다.

"……!!!"

그 순간, 휀 레이놀즈는 믿을 수 없다는 표정으로 상대를 바라봤다. 하지만 그것도 잠시 서서히 다시 안개가 빈자리를 채우며 두 사람 사이를 가렸다.

빠득.

그는 자신도 모르게 이를 갈았다.

"말도 안 돼……."

눈앞에 서 있는 남자 역시 휀의 표정과 마찬가지로 굳어 있었다.

그는 주먹을 거두며 말했다.

"아무래도 우리 둘 다 당한 것 같군."

남자는 자신의 공격을 막는 순간 휀을 강무열이라고 착각하고 말았다.

"제길!!"

안개 속에서 들려오는 휀의 외침에 남자는 작은 한숨을 내쉬었다.

"꼴이 우습게 되었군."

조금 전 휀과 일전을 벌였던 남자. 그는 다름 아닌 베이 신이었다.

휘이이익…….

그때였다. 휀과 베이 신 두 사람이 서로의 정체를 알게 된 그 순간에 마치 누군가 바람을 빨아들이기라고 하는 것처럼 한 치 앞도 볼 수 없던 짙은 안개가 순식간에 사라지고 맑은 하늘이 나타났다.

"……."

"……."

두 남자는 자신들의 세력이 서로 엉켜 싸우고 있는 것을 바라보며 아무런 말도 하지 못했다.

크…… 크큭.

기분 탓일까. 어디선가 웃음소리가 들리는 것 같은 느낌이
었다.

"크하하하!!"

트라멜의 성벽 위에 서 있는 최혁수는 손가락을 딱! 튕기면
서 크게 웃었다.

"어때요? 이번에 새로 얻은 진법이 하나 있었는데 그게 바
로 땅의 진법이거든요. 오행진처럼 기묘한 미로를 만들어서
그 안에 걸린 사람들을 진법이 가리키는 방향대로 움직이게
할 수 있죠."

안개의 진법과 함께 땅의 진법이 섞여 만든 결과를 내려다
보며 그는 만족스러운 표정이었다.

안개를 뚫고 트라멜을 향하는 베이 신의 세력을 자연스럽
게 안개 속으로 다시 들여보내 휀의 권세가 마치 무열의 세력
이라 착각하게 만드는 그의 책략은 가히 혀를 내두를 만했다.

"몰래 만드느라 진짜 힘들었다고요. 밤에 들키지 않고 움직
이는 게 진짜 보통 일이 아니거든요."

무열은 필립 로엔의 거점을 모두 가린 것도 모자라 트라멜까지 보이지 않게 덮은 그의 안개의 규모를 보며 생각했다.

'최혁수의 성장이 정말 대단하구나. 이 정도 크기의 연하(煙霞)를 만들려면 진법의 개수도 어마어마할 텐데…….'

땅의 진법은 단지 베이 신의 세력을 안개 속으로 끌어들이는 것에 그치지 않았다. 안개 속에서 필립 로엔의 병사들이 트라멜로 후퇴할 수 있는 이정표 역할까지 했으니 두 개의 효과를 동시에 만들어냈다.

"……."

무열은 성벽 아래에 서 있는 필립 로엔을 바라보며 생각했다.

'대단하군. 확실히 자질로 따진다면 4강보다도 더 위다.'

불세출의 천재라는 별명이 결코 허황된 것이 아니었다.

"확실히 북부의 강자가 모두 이곳을 노리네요. 전에 얘기를 듣고 왔을 때 알았죠. 지금까지 봤던 거점 중에 단연 최고다라고."

최혁수는 즐거운 듯 말했다.

"용케 이런 곳을 알고 있었네요. 위치도 그렇고 교통도 그렇고……. 북부에 이만한 곳이 없으니 저들도 눈에 불을 켜고 달려드는 거겠죠."

최혁수는 엄지손가락으로 자신을 가리키며 씨익 웃었다.

"하지만 걱정 말아요. 지금의 인원으론 둘이 합친다 하더라도 트라멜을 뚫을 수 없을 테니까. 왜냐? 내가 있으니까."

마치 아이들이 놀이를 하는 것처럼 말하는 그 모습에 필립 로엔은 어이가 없었다.

베이 신과 휀 레이놀즈, 두 사람이 어떤 사람인가. 그렇게 쉽게 처리할 수 있었으면 자신이 고민하지도 않았을 것이다.

"사실 트라멜이 문제가 아니에요."

"그럼?"

"모르시겠지만 지금 북부를 떠돌아다니는 말도 안 되는 녀석이 있거든요."

눈앞에 펼쳐지는 전투를 볼 때도 여유로웠던 그의 표정이 딱딱하게 굳었다.

하지만 무열은 그가 무슨 말을 하려는 것인지 단번에 알았다.

"흑암(黑暗)."

"검은 구름."

그와 최혁수가 동시에 말했다.

"얼레……. 그거 이름까지 알고 있어요? 이거야 진짜 못 당하겠네."

최혁수는 무열의 말에 탄성을 지르며 고개를 끄덕였다.

"그걸 흑암이라 하는구나. 맞아요. 지금 사람들을 잡아먹는 괴물은 저런 인간군이 아니라 그 녀석이죠."

"지금 어디쯤 와 있는지 혹시 알고 있나?"

무열의 물음에 최혁수가 동쪽을 가리키며 말했다.

"제가 마지막으로 봤을 때가 저 방향이었는데…….. 생각보다 진행 속도가 빨라요. 짧으면 일주일 안에 이곳에 도착할 것 같아요."

그의 말에 무열은 고개를 끄덕였다.

'확실히 생각보다 빠르게 오고 있구나. 진아륜…….. 부디 제때 와다오.'

"뭔가 생각이 있는가 보군요. 그렇죠?"

무열의 표정을 읽은 최혁수가 그에게 물었다.

끄덕.

고개를 끄덕이는 것만으로도 그는 그럴 줄 알았다는 표정으로 입꼬리를 올렸다.

"그럼 여기부터 정리하죠. 그 괴물 같은 녀석이 오기 전에 불필요한 건 치워놔야겠죠. 안 그래요?"

최혁수는 세 손가락을 펼치며 말했다.

"삼 일 내로."

"제길……!!"

칸이 막사 안에서 신경질적으로 소리쳤다. 휀은 안개가 사라지고 난 뒤, 거점을 언덕에서 전장 앞으로 옮겨왔다.

"진정해라, 칸."

"죄송합니다. 제가 어제 그렇게 당하지만 않았어도……."

무력이라면 자신 있었던 그였다. 하지만 단 일합에 기절을 하게 될 줄은 꿈에도 몰랐다. 게다가 정신을 차리고 보니 완전히 뒤바뀐 전황.

"어깨를 펴라. 복수는 언제든 할 수 있다."

"그래, 선봉에 서야 할 네가 이렇게 움츠려 있으면 어떻게 하겠어."

알란과 케니스가 칸을 바라보며 말했다.

"그렇지 않습니까, 대장."

"복수를 해야죠. 강무열, 그놈에게."

"맞습니다. 마치 처음부터 트라멜이 자기 것인 양. 우습지도 않습니다."

휀은 전의를 불태우는 세 사람을 보며 생각했다.

'필립 로엔의 병사가 모두 사라졌다. 시간상 갈 수 있는 곳은 트라멜이겠지. ……강무열의 권세에 들어간 건가.'

그런 생각이 들자 휀은 이곳에 와서 처음으로 등골이 오싹해지는 기분을 받았다. 아무것도 모른 채로 세븐 쓰론에 징집되어 사람들이 죽어 나가는 광경을 눈앞에 봤을 때도 이런 기분이 들진 않았었다.

'단 하루 만에 800명이 넘는 병사가 그의 밑으로 들어갔다. 그것도 강무열 자신의 세력은 피 한 방울도 흘리지 않고.'

마치 이 세계의 구조를 꿰뚫고 있는 것처럼.

'상황은 강무열의 생각대로 움직이고 있다.'

휀은 직감했다. 지금 그를 상대하는 것이 어쩌면 최악의 수가 될지도 모른다는 느낌.

'흑암……. 그게 오고 있다고 했다.'

무열이 얘기했던 재해(災害). 이제 와서 보니 그의 말이 사실일지 모른다는 불안감이 든다. 그렇다면 성 밖에 있는 자신들에겐 남은 시간이 없다.

"공격 준비를 할까요."

"저희 쪽 병사들의 피해는 거의 없습니다. 성안에 있는 자들이라 해봐야 D랭커가 끝일 겁니다."

세 사람은 그의 명령이 떨어지면 당장에라도 병력을 이끌고 움직일 기세였다. 하지만 그런 그들과 달리 휀의 표정은 어두웠다.

"케니스, 이곳 이외에 네가 봐둔 두 개의 거점 후보지가 있다고 했었지."

"……네?"

그의 말이 무슨 뜻을 의미하는지 알고 있는 케니스는 눈썹을 찡그렸다.

"설마…….대장!! 제대로 싸우지도 않고 포기하시겠다는
겁니까!"

칸이 성난 목소리로 외쳤다. 케니스뿐만 아니라 다른 사람
들도 휀의 뜻을 알아차렸다.

"칸, 목소리를 낮춰. 밖에 들리겠어."

그렇게 말은 했지만 알란 역시 납득하기 힘든 눈치였다.

"그의 말이 맞습니다. 강무열의 행동이 종잡을 수 없다는
건 인정합니다만 병력상 저희들이 훨씬 우위에 있습니다. 대
장께서 얘기하지 않았습니까. 랭크의 벽은 이길 수 없다고."

알란의 말에 케니스도 거들었다.

"그래서 트라멜에 오기 전에 시간을 들여서 병사를 모두 랭
크 업 시킨 것 아니십니까. 그렇지 않았다면 훨씬 더 빨리 이
곳에 왔을 겁니다."

모두의 생각은 일치했다.

콰앙-!!

"대장!! 까짓것 시원하게 한번 제대로 붙어나 봅시다. 그러
지 않고선 억울해서 못 갑니다!"

칸은 막사 안의 탁자를 내려치며 소리쳤다. 그의 힘을 못 이
기고 탁자의 다리가 부러지며 주저앉았다.

"진정하라고 했다, 칸."

"……!!"

그 순간, 휀 레이놀즈의 차가운 한마디에 칸은 자신도 모르게 주춤거렸다. 지금까지 이런 모습을 보인 적은 없었다.

"이곳이 훌륭한 거점이란 건 모두가 잘 안다. 나라고 강무열을 그냥 두려는 건 아냐. 하지만 여길 얻기 위해서 감수해야 할 피해가 너무 크다. 트라멜은 어디 도망가지 않는다. 더 멀리 본다면 지금 녀석들이 이곳에 집중하고 있을 때 우리가 더 많은 거점을 확보하는 것이 낫겠지."

"으음……."

케니스는 그의 말에 고개를 끄덕였다. 랭크의 차이가 있더라도 일단 1천 명에 가까운 병사와 싸워야 한다. 그것도 트라멜이라는 벽을 사이에 두고서. 불리한 싸움이다.

"대장, 베이 신과의 연합은 어떻게 생각하십니까. 그쪽도 분명 강무열에게 당하고서 그냥 있진 않을 겁니다."

"그래, 그 방법도 생각해 봤다. 베이 신이라면 우리가 없더라도 트라멜을 공격하려 하겠지. 정보에 의하면 그의 권세에 있는 300명 중에 C랭커가 100여 명 정도 있다더군."

만약 두 세력이 연합을 하게 되면 C랭커만 무려 250명.

전직도 하지 못한 E랭커가 수천 명이 있어도 이들을 이기지 못할 것이다. 그야말로 압도적인 전력이다.

"하지만 그 이후는?"

"……네?"

"트라멜을 두고서 다시 베이 신과 싸워야 한다. 그건 녀석도 생각할 거다. 결국 서로의 전력을 아끼려고 하겠지. 그런 싸움으론 강무열을 이길 수 없어."

휀이 생각하지 못한 변수. 그게 이렇게 크게 작용할 거라곤 생각하지 못했다.

'지금 그를 잡는 건 손해가 너무 크다. 일단은 물러설 때야.'

그때였다.

"큰일 났습니다!!"

막사 밖에서 허둥지둥 달려오는 부하의 외침. 모두의 시선이 천막으로 향했다.

"……."

휀의 후퇴 결정은 결코 잘못된 수가 아니다. 아니, 오히려 공격하고자 하는 베이 신보다 훨씬 나은 선택이라 할 수 있다.

다만.

"트라멜에서의 공격입니다!!!!"

운이 나쁘다라고 밖에 설명할 수 없다. 그저 그보다 더 뛰어난 책사가 상대편에 있었으니까.

후퇴를 결정한 휀 레이놀즈를 강무열은 절대로 쉽게 놓아주지 않았다.

"약속은 지키겠다."

"물론, 언제든 마음이 든다면 와라. 받아줄 테니까."

자칫 잘못했으면 베이 신과 휀 레이놀즈의 병력에 압살당할 뻔했던 순간 무열로 인해 목숨을 건진 필립 로엔은 트라멜의 성문이 열리는 것을 바라봤다.

"흑참칠식을 완성해라. 네 창술이 나중에 많은 일을 하게 될 테니까."

"음……."

무열의 말에 필립은 고개를 끄덕였다. 물론 그는 이 말을 단순한 인사치레라고 생각하겠지만 무열은 진심이었다.

검병부대를 위해서 이강호가 강검술을 창시한 것처럼 그 역시 창병부대를 위해서 새로운 창술을 만들었기 때문이다.

'원래대로라면 그가 흑참칠식의 후반부를 얻어서 창술을 완성시키는 것도 몇 년이 지난 뒤이다. 하지만 이대로 그곳에 간다면 그 시간을 훨씬 단축시킬 수 있다.'

무열은 자신이 배울 수 없는 스킬에 대해서 아까워하거나 하지는 않는다.

'개인이 아무리 강해도 수천, 수만이 넘는 적을 혼자서 도륙할 순 없다.'

종족 전쟁의 서막.

그것을 대비하기 위해서라도 자신 이외에도 강자들이 힘을 키우는 데 드는 시간을 줄여야 한다.

"대신 조건이 있다."

필립은 무열이 말한 말을 되뇌었다.

"첫 일격(一擊). 그 시작을 네가 해다오."

솔직히 필립은 무열이 이런 결정을 내릴지 몰랐다. 현재 상황에선 수성을 하는 것으로도 시간이 지나면 저절로 우위를 점하게 되니까. 그 이유는 지금처럼 소규모 전투에서 가장 중요한 보급이 용이하지 못하기 때문이다.

사실상 아직은 권세라고 하기에도 부족한 수였고 제대로 된 거점이라고 부를 수 있는 것도 트라멜이 처음이었다.

이런 상황이니 몇백 명 정도의 인원이 움직이면서 많은 수의 물자를 가져오지는 못했을 것이다. 실제로 필립 로엔 그 역시 마찬가지였으니까.

'800명의 인벤토리를 음식으로 꽉꽉 채워도 기껏해야 한 사람당 버틸 수 있는 시간은 보름 남짓이다. 우린 비전투원들의 인벤토리를 모두 사용해서 열흘 정도.'

자신들보다 훨씬 더 수가 적은 두 세력은 지난 시간을 계산해 봐도 길어야 일주일일 것이다.

"성문을 닫고만 있어도 물러날 수밖에 없는 상황인데 굳이……."

"전쟁에서 필요한 건 단순히 승리만이 아니다."

필립 로엔의 물음에 무열은 가볍게 웃었다.

두드드드드드…….

성문이 열리는 순간, 그는 무열이 했던 말을 떠올렸다.

적에게 나를 각인시키는 것.

"부대 정렬!!"

필립 로엔은 그 말을 다시 한번 되새기며 뒤를 돌아 자신의 병사들을 향해 손을 들어 올리며 소리쳤다.

"전군!! 공격하라!!!"

탁…… 타타탁……!!!

숲을 가르는 발소리가 들렸다. 발걸음은 가벼웠지만 그 안에 담긴 긴장감은 무거웠다.

"헉…… 헉……."

사력을 다해 달리고 있는 남자. 그는 다름 아닌 진아륜이었다.

무열과 헤어진 뒤, 포스나인 호수로 치어 기름을 구하러 갔던 갈까마귀들. 하지만 지금 그의 곁엔 아무도 없었다.

단 한 명. 클랜의 서브 마스터이자 그의 연인인 천륜미를 제외하고 말이다.

"아륜, 날 그냥 두고 가."

"시끄러워."

"이런 식으로는 늦어."

발걸음에서 새겨 있는 무거움은 단순히 그가 그녀를 업고 있기 때문만은 아니었다.

천륜미의 허리에서 붉은 피가 점차 흘러나오고 있었다. 날카롭게 베인 상처가 아닌 무엇인가에 잡아 뜯긴 것처럼 그녀의 살점이 너덜너덜하게 흔들렸다.

"쓸데없는 소리 하지 말고 출혈이나 최대한 막아. 트라멜까지만 가면 돼."

"하지만……."

"여기서 널 두고 가면 갈까마귀들이 날 가만두지 않을 거다. 흩어진 녀석들, 절대 호락호락 죽을 놈들이 아닌 거 너도 알잖아. 녀석들을 믿어. 어떻게든 그곳에서 다시 합류할 거니까."

진아륜의 말에 천륜미는 눈을 질끈 감으며 고개를 끄덕였다.

도대체 그곳에서 무슨 일이 있었던 것일까.

사그락.

그때였다. 달리던 진아륜의 발이 멈췄다. 식은땀 한 방울이 턱을 따라 흘러내려 바닥에 떨어졌다.

그의 등에 업혀 있던 천륜미는 두 손으로 자신의 입을 틀어막았다.

진아륜이 그녀를 앞으로 돌려 안고서 암연(暗煙)을 펼쳤다. 그의 자취가 흔적도 없이 사라진 순간, 길옆으로 길게 나 있는 풀들이 옆으로 쓰러지듯 벌어졌다.

쿵, 쿵.

기척을 느낀 걸까. 풀숲 사이로 튀어나온 커다란 코가 벌렁거리며 좌우로 움직였다.

두근…… 두근…….

심장이 뛰는 소리가 저 멀리까지 들릴 것 같았다. 진아륜의 품에 있는 천륜미는 '그것'과 시선이 마주치기라도 하면 비명을 지를까 봐 아예 눈까지 감아버렸다. 그녀의 전신이 공포로 파르르 떨렸다.

"후우……."

나무에 기대어 숨은 진아륜은 그 커다란 코가 다시 풀숲 뒤로 사라지는 것을 보며 그제야 참았던 숨을 토해냈다.

'도대체 저 녀석들 정체가 뭐야.'

세븐 쓰론에 징집된 이후 많은 몬스터를 봐왔지만 저런 생명체는 본 적이 없었다.

'강무열, 네 생각이 처음으로 틀렸다. 포스나인에서 우릴 기다리던 녀석은 넬슨 하워드가 아닌 저 이상한 괴물들이었다.'

마치 바퀴벌레의 등껍질처럼 매끈한 갑충의 몸뚱이와 오크의 머리를 붙여놓은 것 같은 괴상한 모습. 게다가 어떤 녀석은 이족 보행을 하고 있었고 어떤 녀석은 진화가 덜 된 것처럼 네 발로 기어 다니고 있었다.

간신히 녀석들을 피해 치어 기름을 얻을 수 있었지만 그 피해는 너무나도 컸다.

'지금 우리 실력으로 녀석들과 마주치면……'

무조건 죽는다.

처음에는 포스나인에 새로이 리스폰된 몬스터라고 생각했었다. 일반적인 몬스터들은 자신의 서식지에서 크게 벗어나지 않는다. 차라리 그렇다면 안전하다. 포스나인을 위험 지역으로 설정하면 되니까.

하지만.

'녀석들은 움직이고 있다.'

꿀꺽.

진아륜은 자신도 모르게 마른침을 삼켰다.

'강무열, 어쩌면 대륙을 위협하는 건 재해(災害)만이 아닐지

도 모른다.'

진아륜은 얼굴에 묻은 푸른색의 피를 손등으로 닦았다.

'괴물들이…….'

사람의 피라고 할 수 없는 끈적한 액체가 바닥으로 떨어졌다.

'오고 있다.'

그는 천륜미를 다시 둘러메고는 있는 힘껏 달리기 시작했다.

to be continued